KB073038

NuMbeR Seven

넘버세븐

FANTASY FRONTIER SPIRIT

이모탈 판타지 장편 소설

넘버세븐 10
이모탈 판타지 장편 소설

초판 1쇄 찍은 날 § 2014년 6월 19일
초판 1쇄 펴낸 날 § 2014년 6월 26일

지은이 § 이모탈
펴낸이 § 서경석

편집부장 § 권태완
편집책임 § 정수경

펴낸곳 § 도서출판 청어람
등록번호 § 제387-1999-000006호
등록일자 § 1999. 5. 31
어람번호 § 제1-1877호

주소 § 경기도 부천시 원미구 심곡2동 163-2 서경B/D 3F (우) 420-822
전화 § 032-656-4452 팩스 § 032-656-4453
http://www.chungeoram.com
E-mail § chungeorambook@daum.net

© 이모탈, 2013

ISBN 979-11-5681-9081-9 04810
ISBN 978-89-251-3516-8 (세트)

※ 파본은 구입하신 서점에서 교환하여 드립니다.
※ 저자와 협의하여 인지를 붙이지 않습니다.
※ 이 책은 도서출판 청어람과 저작자의 계약에 의해 출판된 것이므로,
   무단 전재 및 유포 · 공유를 금합니다.

이모탈 판타지 장편 소설

NuMbeR SeheN

FANTASY FRONTIER SPIRIT

넘버 세븐

10

[완결]

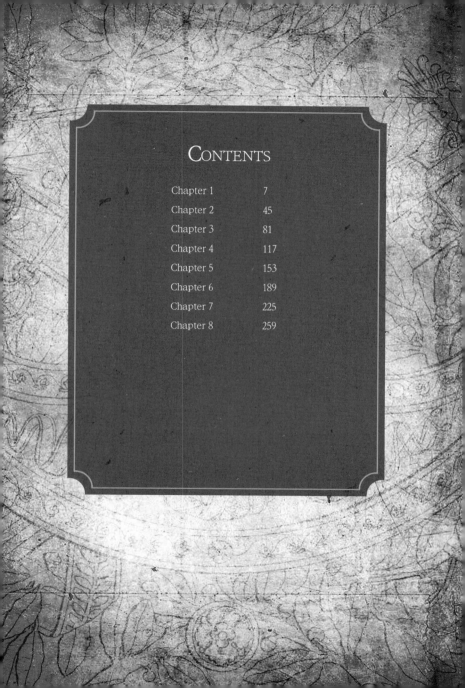

CONTENTS

Chapter 01

NuMbeR Seben

"……"

팔레티 국왕은 제논의 말에 어떠한 반응도 보이지 않은 채 그저 죽일 듯이 그를 쏘아보았다. 그의 눈동자는 점점 붉어지고 있었고, 입가에는 알듯 모를 듯 얇게 저며진 웃음이 떠올랐다.

"한데… 왜 내가 먼저지?"

흘러나오는 팔레티 국왕의 목소리였다. 진정으로 궁금한 듯 보였다. 제논의 적은 자신이 아니라 친구를 배신하고 친구의 연인을 빼앗은 오브레임 후작 가문과, 패트리아스 백작 가문을 몰락시킨 헤밀턴 공작 가문이었어야 하니까 말이다.

"당신이… 이 왕국의 중심이니까."

"뭐?"

의외의 대답에 팔레티 국왕의 눈동자가 놀랐다는 듯이 커졌다. 설마 자신을 이 코린 왕국의 중심이라고 할 줄은 몰랐다. 대다수의, 아니, 절대 다수의 귀족들은 코린 왕국의 중심을 헤밀턴 공작 가문이라고 생각한다.

헌데, 제논은 자신을 코린 왕국의 중심이라고 했다. 한참을 그 의미에 대해 생각하던 팔레티 국왕은 입을 씰룩거렸다.

"설마 네 입에서 내가 이 왕국의 중심이라는 말이 나올 줄은 몰랐군."

"그렇기 때문에 당신이 너무 어리석었다는 것이다."

제논의 담담한 말에 팔레티 국왕은 눈가를 파르르 떨었다. 지금 제논은 자신이 뱀파이어가 된 것에 대해 질책하고 있는 것이었다. 순간 팔레티 국왕의 가슴속에서 무언가가 울컥 솟아오르는 느낌이 들었다.

"웃기는군. 언제 너희가 나를 왕 대접 해줬단 말인가?"

팔레티 국왕은 마치 무언가를 짓씹어 삼키듯 으르렁거리며 제논의 말에 반박했다. 그는 분노하고 있었다. 힘이 없을 때는 아무런 도움도 주지 않더니 이제 와 자신의 행동이 잘못되었다고 하는 꼴에 화가 머리끝까지 치밀어 오르는 것 같았다.

　세상은 자신이 뱀파이어가 되기를 강요하고 있었다. 어떻게 해서든 자신의 자리를, 자신의 생각을 펼치려 했지만 세상은 결코 생각하는 대로 따라주지 않았다.

　그래서 자신을 괴롭히는 세상 속으로 파고들었더니 어리석다 하고 있었다. 다들 만족하고 자신을 칭송할 때 자신이 죽이려 하던 놈은 자신을 욕하고 손가락질하고 있었다.

　"자신의 자리는 자신이 만드는 법이다."

　"그래서! 그래서 내 자리를 찾았다. 어리석은 네놈이 날 어쩔 수 없을 그런 자리 말이다."

　"그래서, 좋은가?"

　"좋다. 좋아 죽겠다. 우매한 귀족 놈들이 날 제대로 쳐다보지도 못하고, 오브레임 후작이나 헤밀턴 공작이 날 찾아와 고개를 숙인다. 난 모든 것을 가졌다. 어찌 좋지 아니한가?"

　팔레티 국왕은 붉어진 눈동자로 마치 악을 쓰듯 답했다. 그러한 팔레티 국왕의 모습을 말없이 지켜보는 제논이었다. 그의 얼굴에는 어떠한 표정조차 떠올라 있지 않았다.

　그런 담담한 표정이 오히려 팔레티 국왕의 분노를 더욱 키우고 있었다. 저런 모습이 보기 싫었다. 이 코린 왕국의 지존인 자신이 가지지 못한 것을 가진, 일개 귀족 나부랭이의 표정과 행동이었다. 마치 세상을 초월하고 모든 것을 알고 있는 듯했다.

제논은 돌이킬 수 없음을 알았다. 어차피 코린 왕국의 오롯한 지존인 팔레티 국왕이 뱀파이어가 되도록 선택을 가용한 것은 자신이었다. 자신이 그를 죽였으니까.

어쩌면 제논 자신은 오브레임 후작이나 헤밀턴 공작과 동등한 입장에서 팔레티 국왕을 증오하여 복수의 대상으로 올려놓고 있었는지도 몰랐다. 무능한 국왕은 자신의 목숨을 노리는 그들과 전혀 다르지 않았음이니 말이다. 아니, 오히려 팔레티 국왕을 향한 복수의 감정이 더 진했는지도 몰랐다.

그가 조금만 더 강했더라면, 조금만 더 자신의 자리에 대한 자각이 있었더라면 결코 가문이 멸문당하지도, 혹은 실험체로서 기억을 잃고 복수에 혈안이 되지 않았을지도 몰랐으니 말이다.

제논의 눈동자는 복잡한 심정을 담고 있었다. 자신의 눈앞에서 복수의 대상인, 혹은 세상사에 떠밀려 자신이 저지르지도 않았을 일에 대한 책임을 져야만 하는 자를 바라보고 있었다.

"후우우~"

제논은 아주 가늘고 길게 한숨을 내뱉었다. 그리고는 고개를 좌우로 흔들어 찾아든 상념과 약해지려는 자신의 마음을 다잡았다. 어쨌든 이 모든 것은 팔레티 국왕의 선택이었다.

제논은 서서히 창을 들어 올렸다. 그리고 창끝을 팔레티 국왕의 심장으로 향했다. 그에 팔레티 국왕은 얼굴을 잔뜩 일그러뜨렸다. 그리고 입을 비틀며 기괴한 웃음을 지어 보였다.

　"크큭. 결국 너 또한 그들과 다르지 않구나."

　그렇게 말을 하면서 팔레티 국왕은 검을 꺼내 비스듬하게 자세를 잡았다. 어차피 이렇게 될 줄 알았다. 제논을 방패막이로 사용하고, 그를 죽음의 구렁텅이로 몰아넣을 때부터 지금의 상황은 예견되어 있었을지도 몰랐다.

　팔레티 국왕은 오히려 진즉에 이렇게 나왔어야 한다는 듯한 표정을 보여주고 있었다.

　그는 귀족들을 믿지 못했다. 아니, 사람 자체를 믿지 못했다.

　그는 평생 동안 견제와 질시, 그리고 삐뚤어진 욕망을 위해 살아왔다. 그가 믿을 것이라곤 자신 외에는 없었다. 때문에 지금 제논이 자신을 향해 창을 들이미는 행위에 대해 당연히 그러해야 한다고 생각했다.

　그는 왕국을 위해서, 혹은 대의를 위해서라는 말보다는 이렇게 직접적으로 살의를 일으키고 창을 들어 자신의 심장에 창을 박아 넣는 것이 훨씬 더 인간적이라 생각했다.

　그것이 인간인 것이다. 자신의 목적을 위해 행위를 정당화시키는 그런 것이 바로 인간의 본성이었다. 적어도 팔레티 국왕이 생각하는 인간의 본 모습은 그러했다.

"보여주지. 과거의 내가 아님을 말이다."

후우웅!

팔레티 국왕의 검에 어둠보다 더 어두운 칠흑의 오라가 솟아났다. 그와 함께 주변에서 마치 먼지가 일듯 어둠이 그를 중심으로 멀어지며 칠흑의 오라가 피어올랐다.

그는 완벽하게 뱀파이어와 동화되어 있었다. 아니, 원래부터 뱀파이어였다는 듯이 칠흑의 어둠을 다루고 있었다. 팔레티 국왕은 자부심 가득한 목소리로 제논을 향해 입을 열었다.

"어떠한가? 멋지지 않은가? 어둠이 나를 떠받들고 있다. 그렇다 해서 내가 밝음 아래 행동하지 못하는 것도 아니다. 나는 하류의 뱀파이어와는 전혀 다른 존재인 것이다."

그는 이미 일반 뱀파이어의 수준을 넘어서고 있었다. 완벽하게 어둠과 동화되어 있었고, 원래 태생이 뱀파이어인 것처럼 행동했다.

2세대나 3세대의 뱀파이어는 결코 태양 아래 활동할 수 없었다. 단지 금단의 약물로 그 활동 시간을 연장할 뿐이었다. 하나, 팔레티 국왕은 그러한 금단의 약물조차 필요치 않아 보였다. 그는 이미 스스로 1세대, 혹은 진혈에 근접해 가고 있었다.

'위험한… 자로군.'

순간 제논이 생각할 수 있는 것은 그 한 가지였다. 자신의 창 아래 죽었던 팔레티 국왕. 그것은 분명히 제논이 의도했던 것이었다. 어둠 속에 숨어 모습을 드러내지 않던 뱀파이어들을 끌어내기 위해 선택한 최강의 패가 바로 그였다.

그런데 그 패가 오히려 제논의 상상을 초월하고 있었다. 자신의 예상에서 벗어난 팔레티 국왕. 제논은 살짝 이마를 찌푸렸다. 그러한 제논의 모습을 재미있다는 듯이 바라보는 팔레티 국왕이었다.

"그러한 면에서 너에게 고맙다는 말을 해주고 싶군. 난 내가 이렇게 어둠과 잘 어울릴지 몰랐는데 네놈 덕에 원래 나의 모습을 알게 된 것이니까."

팔레티 국왕은 히죽 웃었다. 비웃음이었지만 그 안에는 만족스러움도 담겨 있었다. 그 모두가 제논을 향한 것이었다. 그는 제논을 어리석다 말하고 있는 것이었다.

"과연 그럴까?"

제논이 독백처럼 내뱉었다.

"아니라고 보는가?"

"모르겠군. 분명한 것은 당신이 여기서 살아남아야만 그 말이 옳다는 것을 증명할 수 있다는 것이겠지."

제논의 담담한 말에 팔레티 국왕은 날카로운 송곳니를 드러내며 웃음 지었다.

"크흐흐. 맞군. 맞아. 그래, 네놈의 말이 맞구나."

그는 아직 여유가 있었다. 제논을 제외한 세 명의 무력은 정말 어마어마하다고 할 정도로 압도적이었다. 수천에 이르던 병사와 수백의 기사가 제대로 된 대응조차 하지 못하고 있었기 때문이다.

그리고 그들마저 이제 절반 정도밖에 남지 않은 상황이었다. 하나, 그러함에도 팔레티 국왕은 여유로웠다. 이곳은 자신의 거처였기 때문이다. 자신의 혈족이 모두 모여 있고 이 병력 이외에도 수천의 일족이 있는 곳이었다.

"그래서 내가 준비했다. 네놈의 그 오만함을 짓밟을 수 있도록 말이다. 모두 나서라!"

팔레티 국왕이 어두운 허공을 향해 외쳤다. 그러자 어둠이 일렁이기 시작했다.

"크카캇! 좋구나."

"흐으음. 이 비릿한 냄새가 진정 내가 원했던 그런 냄새이런가?"

어둠 속에서 수백의 인원이 모습을 드러냈다. 그리고 그들을 필두로 하여 그들의 뒤에 또다시 수천의 인원이 나타났다. 여자도 있었고 허리가 꼬부라진 할아버지도 있었으며, 이제 열 살 갓 넘을 법한 아이도 있었다.

그 순간 치열하던 장내의 전투가 일순 멈춰졌다. 더글라스 후작도, 스웬슨도, 안토노프도 모두 살짝 놀란 듯한 얼굴을 하고 있었다. 그에 제논은 얼굴을 굳혔다.

"우리가… 올 줄 알고 있었나?"

제논의 물음에 팔레티 국왕은 피식 웃음을 지었다. 검지로 자신의 머리를 톡톡 두드리면서 답을 했다.

"머리는 네놈만 쓰는 것이 아니라는 것이지."

그에 제논은 자신이 방심했다는 것을 느꼈다. 이것은 아마 퀸의 의도는 아니었을 것이다. 전가의 보도처럼 휘두르는 피의 전승이라는 것이 있음을 잠시 망각한 자신의 탓이었다.

분명 퀸은 말을 하지 않았을 것이다. 그녀는 자신의 피를 제공했을 뿐. 그렇다면 지금의 상황은 명백했다. 그리고 그녀에게 코린 왕국에서 물러나고자 하는 마음이 결코 없음을 알 수 있었다.

약간은 당황하는 모습을 보이는 제논을 향해 팔레티 국왕은 득의양양한 웃음을 드러내 보였다. 자신이 이긴 것이었다. 결국 저 네 명으로 할 수 있는 것은 아무것도 없었다.

그때 제논이 고개를 좌우로 저으며 작은 한숨을 내쉬었다. 팔레티 국왕에게는 그것이 어쩔 수 없음을 내포하고 있는 한숨으로 받아들여졌다.

하지만 한숨 뒤에 이어지는 제논의 말에 자신의 귀를 의심할 수밖에 없었다.

"드디어 다 나온 모양이군."

아주 작았지만 그 소리는 팔레티 국왕, 그리고 제논과 함께 움직인 세 명의 동료에게 아주 선명하게 들렸다.

팔레티 국왕은 일순 어리둥절할 수밖에 없었다. 무슨 말인지 이해할 수 없었기 때문이다. 호기도 아니고 자만도 아니었다. 지금 저들의 행동은 절체절명의 위기에 처해 있는 자들이 할 행동이 전혀 아니었기 때문이다.

그때 스웬슨이 뱀파이어들을 도륙하던 거대한 배틀 엑스를 어깨에 턱 걸치며 한마디를 했다.

"확실히 형님 말대로구만."

사위를 둘러보다 내뱉은 말에 팔레티 국왕은 깨달을 수 있었다. 자신이 제논을 포함한 저들을 계략으로 잡은 것이 아니라, 자신이 저들의 계략에 빠졌음을 말이다.

그때 안토노프의 우렁찬 목소리가 어둠 속으로 흘러들어 갔다.

"모습을 드러내어라!"

"뎌엉!"

조용해진 사위를 울리며 어둠 속에 몸을 숨기고 있던 이들이 모습을 드러내었다. 그들은 나타남과 동시에 자신의 앞에 서너 개의 무언가를 툭툭 던졌는데, 그것은 바로 왕궁을 수비하고 있던 왕궁 수비대의 기사들과 병사들의 목이었다.

그들이 나타남과 동시에 팔레티 국왕을 따르는 뱀파이어들의 얼굴에는 불쾌한 빛이 두드러지고 있었다. 마치 도저히 견딜 수 없는 시궁창 냄새를 억지로 참고 있는 것 같은 그런 얼굴이었다.

"이… 썩은 냄새는 분명 배덕한 자들의 냄새이거늘."

"저기 저놈, 저놈은 분명 배덕한 종자인 안토노프가 아니외까?"

"그렇군, 그래. 그래서 이리도 악취가 진동하는 것이로군."

머리가 희끗희끗한 원로 뱀파이어들.

사실 그들은 원로라 할 수 없었다. 나이가 들어 뱀파이어가 되었을 뿐. 그러함에도 오랫동안 살아남아 나름 원로의 대우를 받고 있는 이들이었다. 자신보다 더 오랫동안 존재했던 안토노프를 마치 더러운 쓰레기를 보듯 대하고 있었다.

그들에게 있어 라이칸 슬로프는 자신보다 오래 존재했든 존재하지 않았든, 아니면 자신보다 무력이 강하든 강하지 않든 간에 그저 자신들의 낮을 지키는 노예에 불과한 존재였기 때문이다.

"어린놈들의 입이 거칠구나."

그때 안토노프가 외치는 한마디였다. 그에 뱀파이어들의 얼굴이 썩은 돼지 간처럼 썩어 들어갔다. 그의 말이 절대 틀린 것은 아니었다. 안토노프는 뱀파이어 로드와 같이 살아온 존재니까 말이다.

뱀파이어 로드가 안토노프를 제거하지 못한 이유는 그가 강해서이기도 하지만 뱀파이어 로드 그가 인정하는 유일한 라이칸 슬로프였기 때문이었다.

그러한 안토노프의 일갈은 라이칸 슬로프라는 일족에 포함시켜 그를 비하하던 이들의 얼굴을 단박에 찌푸리게 하기 충분한 말이었다. 그리고 그것은 곧 그들의 심중에 잠자고 있던 분노를 이끌어내고 있었다.

하지만 그 와중에 팔레티 국왕의 얼굴은 썩 좋지 않았다. 분노해서가 아니었다. 그들이 나타나면서 던져 놓은 서너 개의 머리통 때문이었다. 어둠 속에서 나타난 이들은 적어도 3천 정도의 인원이었다.

그들 모두가 서너 개의 머리통을 떨궜다면 왕성을 수비하는 수비대 전원이 참살당했음을 보지 않아도 충분히 예측할 수 있었다. 다른 이들과 다르게 팔레티 국왕은 그것을 들여다보고 있었다.

"조용!"

팔레티 국왕의 외침에 뱀파이어들과 그들이 이끌고 나온 라이칸 슬로프의 웅성거림이 잦아들었다. 다시 조용해진 상황에서 팔레티 국왕은 제논에게 물었다.

"알고 있었나?"

제논은 왼손 검지로 자신의 머리를 툭툭 치며 답을 했다.

"머리는 당신만 쓰는 것이 아니거든?"

제논의 행동에 팔레티 국왕의 얼굴이 붉어졌다. 조금 전 자신이 했던 행동을 그대로 다시 되돌려 받았기 때문일 것이다.

"죽엿!"

팔레티 국왕의 입에서 단발마의 외침이 터져 나왔다. 더 이상 말만 하고 전투를 미룰 수는 없었다. 서로 비슷한, 아니, 팔레티 국왕이 이끄는 전투 병력이 약간 더 우세한 상황에서 망설일 이유가 없었다.

"캬하아악!"

"크케케켁!"

"크화아앙!"

각양각색의 소리가 들려오며 일부는 안으로, 일부는 밖으로 퍼져 나가기 시작했다. 그것으로 다시 전투가 시작되었다. 지금까지 지켜보고만 있던 팔레티 국왕 또한 득달같이 제논을 향해 쇄도해 들어가고 있었다.

제논도 마찬가지였다. 그 역시 자신을 향해 놀랍도록 정제된 살기를 내뿜으며 쇄도해 오는 팔레티 국왕을 향해 마주 달려갔다. 둘은 순식간에 상대의 심장을 꿰뚫을 수 있을 정도로 가까워졌다.

숙!

제논의 창이 아주 간결한 소리를 내며 마주쳐 오는 팔레티 국왕의 심장을 뱀의 혀처럼 날름거렸다. 팔레티 국왕은 살짝 몸을 틀었다. 너무나도 간결한 움직임이지만 그 하나의 동작으로도 제논의 창을 비껴가게 만드는 데는 어려움이 없었다.

그리고 아주 잠깐 그의 얇은 입술을 비집고 웃음이 머금어졌다. 그것은 분명 비웃음이었다. 제논이 빗나간 창을 회수하여 재차 공격을 시도했다. 이번에도 빠르게 찔러 들어오는 공격.

파바바박!

하지만 하나의 소리가 아니었다. 보기에는 한 번의 찌름이었으나 그 속에는 수십 번의 찌르기 공격이 가미되어 있었다. 그런 제논의 공격은 일견하기에는 성공한 듯했다.

하나, 제논의 공격을 허용한 팔레티 국왕의 신형이 흩어졌다. 검은 안개처럼 허공에 날카로운 웃음소리만 남긴 채 그 종적을 감춰 버린 것이었다. 하지만 제논은 놀라지 않았다.

그동안 제논이 겪어본 뱀파이어라면 모두 가지고 있던 기술이었기 때문이었다. 제논은 마나를 흩뿌려 주변을 경계하기 시작했다. 이미 알고 대처하기에 팔레티 국왕의 종적을 찾는 것은 어렵지 않았다.

제논의 창이 다시 기민하게 움직였다. 하나, 팔레티 국왕은 역시 일반적인 뱀파이어와는 다른 듯했다. 다시 보기 좋게 허공을 찌르고야 마는 제논의 창.

제논은 직감적으로 느낄 수 있었다. 방금 자신이 찌른 것은 팔레티 국왕의 허상이라는 것을 말이다. 조금 달랐다. 아니, 많이 달랐다. 검은 안개가 되어 종적을 감추고 허상을 만들어 다시 상대방을 교란하고 있었다.

아무리 더움의 마법을 사용하고 인간으로서는 상상조차 할 수 없을 만큼의 빠르기라 해도 지금껏 대한 뱀파이어와는 조금 달랐다. 그럼에도 불구하고 제논은 침착했다. 어차피 달라질 것은 없었기 때문이었다.

제논은 공격을 멈추고 창끝을 바닥에 댄 채 비스듬하게 서서 어두운 허공을 바라보았다. 그러한 그를 향해 방향을 종잡을 수 없는 목소리가 들려왔다.

"크하하하. 벌써 포긴가? 어? 그런 건가?"

사방에서 다가오는 팔레티 국왕의 목소리였다. 그 순간 제논은 느낄 수 있었다. 자신의 주변에는 아무것도 없었다. 수천의 병력도 없었고 뱀파이어도, 라이칸 슬로프도 보이지 않았다.

오직 짙은 어둠 속에서 홀로 존재할 뿐이었다. 그제야 제논은 깨달았다. 이곳은 팔레티 국왕만의 공간임을 말이다. 그에 제논의 눈동자가 날카로워졌다. 그리고 그의 입가에 서늘한 미소가 매달렸다.

"그렇다고 달라질 것은 없다."

"크흐흐. 벌써 알아챈 것인가? 하면, 벗어나 보도록. 크크. 크하하핫!'

팔레티 국왕의 웃음소리가 어둠을 격하고 사방에서 다가들고 있었다. 제논은 땅에 대었던 창을 서서히 들어 올렸다. 너무나도 느릿하게 진행되는 행동에 지루함조차 느낄 정도였다.

하나 전혀 움직이지 않을 것 같던 제논의 창은 움직이고 있었고, 아주 긴 시간을 지나 창은 하늘을 가리키며 수직으로 들려 올려졌다. 마침내 그의 창에서 빛이 흘러나오기 시작했다.

순백의 광휘.

세상의 어둠이 무서워 어둠 속에 숨어버린 달을 대신하여 세상을 밝힐 것 같은 순백의 광휘가 서서히, 그리고 강렬하게 쏟아져 내리기 시작했다.

'정령 빙의(Elemental Possession). 엔다이론(Endairon), 정령 창(Elemental Spear), 광휘의 심판(Judgement of Brilliance).'

고오오옹!

울음이 토해져 나왔다.

대기가 공명하며 제논의 창에서 뿜어져 나오는 순백의 광휘를 울부짖게 만들었다.

쩌적. 쩌저적.

그에 어둠이 갈라지기 시작했다. 아니, 녹아내리고 있다고
해도 과언이 아니었다. 어찌 어둠이 녹아내리고 갈라질 수 있
겠는가만은 그 믿을 수 없는 현상이 지금 일어나고 있는 것이
었다.

어둠을 잠식해 들어가는 광휘의 심판. 그리고 종내에는 모
든 어둠을 집어삼키고 그 어둠을 종식시키고 있었다.

"크하아악!"

"죽어랏!"

"크화아앙!"

그제야 들려오는 오만가지 비명과 악다구니 소리. 제논의
코끝으로 확 풍겨져 오는 비릿한 혈향. 제논은 하늘 높이 치
켜든 창을 내리고 자신의 전면을 바라보았다.

"커허억!"

그가 향하는 어둠의 공간에서 한 명의 인물이 불쑥 튀어나
오며 검붉은 선혈을 울컥 토해내었다. 그는 다름 아닌 어둠
속에 몸을 숨겨 자신만의 공간을 만들어낸 팔레티 국왕이었
다.

지금 팔레티 국왕의 얼굴은 이루 형언할 수 없는 경악으로
물들어 있었다. 절대 깨지지 않을 것 같던 자신만의 절기가
단 한 번의 공격으로 완벽하게 깨져 나가고 만 것이었다.

"크으윽. 믿을 수 없군."

불신의 빛을 가득 담은 채 팔레티 국왕은 입가에 흘러내리는 선혈을 훔치며 제논을 쏘아보았다. 믿을 수 없었다.

"정녕 네놈이 인간이란 말인가?"

팔레티 국왕은 제논에게 물었다. 도저히 인간의 힘으로는 깰 수 없었던 암흑의 전장을 그는 단신으로 깨버린 것이다. 이 암흑의 전장에 갇히면 설사 진혈이라 할지라도 쉽게 벗어날 수 없거늘, 너무나도 간단하게 격파해 내는 제논이었다.

"몰랐나? 난 실험체였다는 것을?"

"……."

제논의 답에 입을 다물어 버리는 팔레티 국왕이었다. 알고 있었다. 그가 실험체라는 것을. 실험체라면 당연히 인간이 아니었다. 그런데 이상하게 팔레티 국왕은 지금 제논을 인간으로 대하고 있었다.

상당히 중요한 문제였으나 팔레티 국왕은 지금 그런 철학적인 문제를 놓고 고민할 정신이 없었다. 죽은 피를 게워냄으로써 겨우 진탕된 내부를 다스리기는 했으나 여전히 회복이 더딘 자신의 내부 때문이었다.

'믿을 수 없군. 어떻게……'

잠깐이나마 제논에 대해 두려움을 느낀 팔레티 국왕이었다. 하나, 팔레티 국왕의 눈동자는 다시 본연의 색으로 돌아가고 있었다. 이상한 것은 동공조차 검은색으로 물들어가고 있다는 것이었다.

"크큭. 좋군. 좋아. 이래야 할 만하지. 네놈이 약했다면 정말 실망할 뻔했다."

기괴하게 웃는 팔레티 국왕이었다. 제논은 고개를 갸웃거렸다. 눈동자의 색이 변하긴 했으나 지금의 상황은 결코 팔레티 국왕에게 이로운 상황이 아니었다.

그러한 제논의 의문을 풀어주기라도 하듯이 팔레티 국왕은 오른손을 쫘악 펼쳤다. 그러자 마치 기다렸다는 듯 그의 손아귀로 빨려드는 하나의 물체.

"그으윽. 제, 제발."

하급 뱀파이어였다. 아마도 궁에서 활동하던 시종 중의 한 명이었던 듯싶었다. 이미 왕궁은 뱀파이어들의 손에 넘어갔으며, 왕궁에 살아 있는 생명체는 모두 뱀파이어화되어 있었던 것이었다.

팔레티 국왕의 손아귀에 빨려든 뱀파이어는 강하게 저항했지만 그것은 의미 없는 발버둥에 불과했다.

콰지직!

"끄허억!"

괴롭고 답답한 소리가 시종의 입에서 흘러나왔다. 그의 손과 발은 바들바들 떨렸다. 붉었던 눈동자가 점점 하얗게 변하더니 이내 눈을 까뒤집었다.

부르르.

마지막으로 전신을 부르르 떨던 시종의 신체가 축 쳐졌다. 그에 팔레티 국왕은 목 깊숙하게 박아 넣었던 날카로운 송곳니를 빼고는 머미처럼 바짝 말라 버린 시종을 휙 집어던져 버렸다.

그리고 또 다른 시종 한 명이 그의 손아귀에 잡혔다. 그 시종 역시 방금 전 죽은 시종과 다르지 않은 결과를 낳았다. 그러기를 다섯 번.

"크하악!"

마침내 팔레티 국왕의 눈동자가 완전한 검은색으로 물들었다. 얼굴은 핏기 하나 없이 창백해지고 시퍼런 핏줄기가 비쳐들고 있었다. 입 주변은 진득한 검붉은 핏물로 온통 물들어 있었다.

가볍게 목을 돌린 후 입가에 묻은 검붉은 핏물을 혀로 핥는 팔레티 국왕이었다. 모든 행동을 마친 팔레티 국왕은 여전히 자신을 바라보고 있는 제논을 향해 히죽 웃었다.

"기다려 줘서 고맙군."

"그들 역시 죽어야 할 존재이니 별로 고마워할 것도 없지."

"그런가?"

제논의 말에 그저 무감정하게 답을 하는 팔레티 국왕이었다. 그는 제논과 처음 격돌하기 전보다 훨씬 더 정제된 느낌이었다. 차분해지고 냉정해졌다.

어떠한 감정조차 느껴지지 않았다. 자신을 비웃는 것을 알고 있음에도 전혀 동조하지 않은 것만 보아도 충분히 짐작할 수 있었다.

"준비는 되었나?"

제논이 물었다.

그에 어깨를 으쓱해 보이는 팔레티 국왕이었다. 아무렇지도 않다는 듯이 말이다. 아니면 언제든지 덤벼보라는 듯한 행동이었다.

슈확!

피이잇!

날카로운 소리가 들려왔다. 팔레티 국왕의 얼굴이 홱 소리가 나도록 돌려졌다. 그리고 그의 얼굴에서 튀어 오르는 검붉은 색의 핏줄기. 날카로운 무엇인가가 그의 얼굴을 스치고 지나갔다.

팔레티 국왕은 여전히 고개를 돌린 채 자신의 뺨에서 흘러내리는 핏물을 닦아낸 뒤 핏물이 묻은 손가락을 입으로 가져가 깨끗하게 핥아먹었다. 무척이나 담담한 모습.

마치 다른 사람의 핏물인 양, 자신과는 전혀 상관없다는 양. 그러한 그의 고개가 다시 돌려졌다. 고개를 돌리는 와중에 날카롭게 상처 입은 곳이 서서히 아물기 시작하더니 제논을 바라볼 때는 이미 온데간데없이 사라져 있었다.

씨익!

팔레티 국왕이 웃었다. 그의 창백한 얼굴에서 유난히 돋보이는 날카로운 송곳니가 드러났다.

후욱!

파하앗!

순간 팔레티 국왕의 신형이 사라졌다. 그리고 제논의 어깨 어림에 있던 옷가지에 생채기가 생기며 찢어졌다. 제논은 살짝 자신의 오른쪽 어깨 어림을 바라보았다.

"쩝, 아깝군. 심장을 맛 볼 수 있었거늘."

팔레티 국왕이 진정 아쉽다는 듯이 입맛을 다셨다. 그의 손에는 이미 검이 없었다. 대신 유난히 검은 손톱이 길게 자라나 있었다. 그 손톱에는 제논의 어깨 어림에서 낚아챈 천 조각이 들려 있었다.

파스스슷.

팔레티 국왕은 손가락을 비볐다. 그에 그의 손에 들려 있던 천 조각이 마치 먼지처럼 사라져 버렸다.

"나는 검을 버렸다. 가장 익숙한 무기를 버린 게지. 어떤가? 나와 적수공권으로 겨뤄보는 것이?"

딴은 맞는 말이기는 하지만 생각해 보면 말도 안 되는 소리였다. 뱀파이어는 그 자체가 무기였다. 길어난 손톱과 날카로운 이빨. 상상조차 할 수 없을 정도의 빠른 신체 조건까지.

그런데 그러한 뱀파이어가 상대에게 무기를 버리라고 하고 있었다. 절대 있을 수 없는, 말도 안 되는 소리였지만 제논은 말없이 자신의 창을 등 뒤로 돌려 멨다.

그러한 제논의 행동에 눈을 반짝이는 팔레티 국왕이었다. 자신의 제의가 말도 안 되는 것임을 스스로도 알고 있었다. 그런데 그것을 수용하는 제논이었다.

"자신감인가? 우후후후. 좋군, 좋아. 그 자신감으로 살아보도록."

파아앙!

말이 끝남과 동시에 제논을 향해 쇄도해 들어가는 팔레티 국왕이었다. 그 움직임이 어찌나 빠른지 대기가 찢기는 듯한 소리가 흘러나왔다.

빠바바박.

그와 동시에 제논과 팔레티 국왕은 무수히 많은 주먹을 주고받기 시작했다. 도저히 인간의 눈으로 쫓을 수 없을 정도의 속도로 부딪혀 가는 둘이었다.

팔레티 국왕은 한 번에 수십의 공격을 했다. 가슴, 옆구리, 머리, 복부 등. 주먹으로 가격할 수 있는 모든 부위를 스스럼없이 가격했다. 하나, 그 모든 빛살 같은 공격을 단 한 번의 허용도 없이 완벽하게 막아내고 있는 제논이었다.

꽈앙! 파아악!

그리고 마지막. 거대한 폭음을 일으킨 후 팔레티 국왕과 제논은 튕기듯 뒤로 물러나 갈라서고 있었다. 팔레티 국왕은 공중제비를 돌아 훌훌 날아가는 자신의 신형을 바로 잡았다.

팔레티 국왕의 얼굴에서는 여전히 미소가 떠나지 않았다. 하지만 그의 말아 쥔 두 주먹은 은은하게 떨리고 있었다.

'크으윽!'

내심 답답한 신음성을 삼키고 있는 팔레티 국왕이었다. 두 손을 통해 전해지는 은은한 고통은 마치 모든 것을 갉아 먹어 종내에는 시체조차 남기지 않는 개미와 같이 느껴지고 있었다.

개미와 같은 그 고통은 점점 커지고 커져 마침내 그의 잇새를 비집고 신음성이 흘러나오게 했다.

"우와아악!"

팔레티 국왕은 마치 그런 자신의 나약함을 감추려는 듯이, 혹은 자신이 이번 한 번의 부딪힘에 낭패를 당했다는 것을 부정이라도 하듯이 땅을 박차고 제논을 향해 날아들었다.

팔레티 국왕의 검은색 손톱이 어둠을 찢고 제논이 있던 자리를 할퀴며 지나갔다. 하나, 제논은 이미 그 자리에 없었다. 공격 실패였다.

그렇다고 해서 팔레티 국왕은 실망하지 않았다. 이 정도쯤은 당연히 피할 것이라 예상했기에. 그는 공격을 이어갔다. 눈에 보이지도 않을 만큼 빠르게 움직이며, 제논의 전신을 난자할 듯이 베고, 찌르고, 움켜쥐고, 박살 내었다.

제논은 때로는 막고, 때로는 흘리고, 때로는 회피하면서 파상적인 팔레티 국왕의 모든 공격을 막아내고 있었다. 제논은 팔레티 국왕의 공격을 무척이나 가볍게 피해내고 있었으며, 더할 나위 없이 효율적으로 방어해 내고 있었다.

그러한 제논의 얼굴은 무척이나 여유로웠으며, 자신의 공격이 제대로 먹혀들지 않음에 팔레티 국왕의 얼굴은 점점 일그러져 가고 있었다.

'이럴 수는 없다. 이럴 수는 없단 말이다.'

그는 부정하고 있었다. 현실을 부정하고 싶었다. 뱀파이어가 되었다. 자신을 죽인 자를 복수하기 위해, 혹은 자신의 의지와는 상관없이 뱀파이어가 되었다.

물론, 그것은 변명이었다. 자신은 선택할 수 있었다. 인간으로 죽을 것인지, 뱀파이어가 될 것인지. 자신은 욕망을 위해 뱀파이어가 되었다.

그리고 마침내 자신을 뱀파이어로 만든 이를 만났다. 복수의 시간이다. 완벽하게 짜 맞춰진 복수의 시간 말이다. 무엇이든 가능할 것이라 생각했다. 자신이 가진 힘은 충분히 그럴

만했으니까.

진혈도 아니고 겨우 1세대지만 자신이 가진 힘은 이미 진혈을 압도할 정도로 대단했다. 그런데 적수공권인 복수의 대상에게 어떤 공격을 퍼부어도 미꾸라지처럼 빠져나가고 있었다.

아니, 오히려 지금 자신은 피해가 점점 가중되고 있었다. 분명 상대는 자신의 공격을 방어하거나 회피하고 있을 뿐이었다. 하지만 상대와 부딪힐 때마다 조금씩 쌓여가는 충격은 완벽하게 제어되고 있던 자신의 신체를 점점 망가뜨리고 있었다.

찌어엉!

'큭!'

또 한 번의 부딪힘. 충격이 쌓이고 있었다. 손목이 시큰해졌다. 단순한 시큰함이 아닌 다시 주먹을 내뻗기가 두려울 정도의 시큰함이었다. 그에 팔레티 국왕은 고통을 속으로 삼켰다.

후와앙!

그의 손과 발에 어둠의 마나가 깃들었다.

'스트렝스. 헤이트.'

그는 그렇지 않아도 월등한 육체를 더욱더 월등하게 만들었다. 뱀파이어라면 어둠의 마나를 이용해 마법을 사용하는 것은 식은 스프를 먹는 것처럼 자연스럽고 쉬운 일이었으니 말이다.

자신의 몸에 보조 마법을 펼친 팔레티 국왕은 더욱 빨라졌다. 이전에도 빨랐지만 이제는 아예 제논의 눈에도 제대로 보이지 않을 정도였다.

제논은 눈으로 그를 쫓는 대신 전신의 감각을 열었다.

그에게 있어 이런 유의 공격은 별 의미가 없었다. 정령을 다루는 그였다. 그것도 최상급을 자유자재로 다루며, 심지어 정령왕까지 소환할 수 있었다.

하나 상대는 그것을 모른다. 정령사는 오직 정령사만이 알아볼 수 있었다. 마법사라 해도 쉽게 정령사를 알아볼 수는 없었다. 이미 전신의 감각이 극한으로 발달한 제논이었기에 전혀 문제될 것이 없었다.

한 줄기 바람이 불어 제논의 주변을 휘돌고, 강력한 암흑의 번개가 어둠을 뚫고 제논의 심장을 향해 쏟아져 들어왔다.

스르르릇.

제논의 신형이 움직였다. 마치 바람에 밀려나듯 움직여 팔레티 국왕의 공세를 피해낸 것이었다. 그런 제논의 움직임에 살포시 인상을 찌푸린 팔레티 국왕은 그저 어쩌다 벌어진 일이라 치부했다.

인간으로서는 도저히 그렇게 움직일 수 없었기 때문이다.

어찌 인간이 바람처럼 움직인다는 말인가? 있을 수 없는 일이었다. 인간이 아닌 뱀파이어였다면 가능할지도 몰랐으나 그래도 결코 쉽지 않은 움직임이었다.

확신한 팔레티 국왕이 다시 움직였다. 손톱이 더욱 길어졌다. 그는 열 개의 날카로운 칼날을 가지고 있었다. 50센티미터 남짓이었던 손톱은 무려 1미터까지 늘어나 있었다. 무작스럽게 거추장스러워 보이는 길이였지만 팔레티 국왕은 무척이나 날렵하게 그 열 개의 날카로운 손톱을 움직였다. 또한 그의 손톱은 자유자재로 늘어났다. 그리고 손과 분리되어 공간을 휘젓고 다녔다.

패해엥! 휘리리링!

그의 손에 붙어 있는 손톱은 겨우 서너 개 남짓이었다. 그 외는 제논을 압박하듯 사방을 휘젓고 다니고 있었다. 때문에 제논을 공격해 들어가는 손톱은 공간의 제약이 없었다. 사람이 아니니 당연한 것일 게다.

심장, 목, 눈, 등, 허리, 복부. 모두 치명적인 곳이었다. 아연실색할 정도로 무작스럽고 공포스러운 공격이었으나 제논은 침착했다. 아니, 여유로워 보였다.

그는 모든 것을 방어하고 있었다. 동시에 공격해 들어가도 막아내었고, 시간차로 공격해 들어가도 막아내었다.

카라라랑! 카아앙!

제논의 창이 팔레티 국왕의 손톱과 부딪히며 불꽃이 튀었다. 제논의 창에서, 밝고 깨끗한 팔레티 국왕의 손톱에서, 무겁고 어두우며 칙칙한 불꽃이 튀었다. 그러는 와중에 팔레티 국왕의 손톱에 조금씩 금이 가기 시작했다.

투둑!

아주 미세한 결점이라 할 수 있을 것이다. 하지만 팔레티 국왕은 눈살을 찌푸렸다. 왠지 모르게 불길한 감각이 들었다. 강하기로는 마계의 금속이라는 아다만티움보다 강력한 뱀파이어의 손톱이었다.

그런데 그런 아다만티움을 능가하는 손톱에 금이 가고 아주 미세하지만 조금씩 그 조직이 떨어져 나가고 있었다.

'좋지 않군.'

벌써 10여 분이 넘도록 제논과 접전을 펼치고 있는 팔레티 국왕이었다. 물론 겨우 10분이라고 할 수도 있을 것이다. 하나, 전심전력을 다한 10분은 그저 그런 10분과는 전혀 달랐다.

몸에 열이 나고, 미끈한 땀이 흘러내리고 있었다. 웬만해서는 땀을 흘리지 않는 뱀파이어가 땀에 번들거리고 있는 것이었다. 그리고 서서히 숨이 가빠오고 있었다.

입안이 조금씩 말라왔다. 절대의 체력을 가진 뱀파이어가 지쳐가고 있었다. 그에 반해 시종일관 방어만 하고 있는 제논의 모습은 고요하기 그지없었다.

처음부터 그랬다. 제논은 자신의 존재를 알고도 놀라지 않았으며 전혀 다른, 혹은 생소하기까지 한 마법이 가미된 자신의 공격을 받아내고도 전혀 곤란해하지 않고 있었다.

"후우욱!"

타다다닥!

길게 숨을 내쉰 팔레티 국왕이 뒤로 급격하게 물러났다. 그의 눈동자는 경악을 담고 있었다. 결코 겉으로 드러내지 않으려 하고 있으나, 그의 눈동자마저 숨길 수는 없음이었다.

"이것뿐인가?"

"후욱! 이것뿐일 것 같으냐?"

"그런가? 하면, 더 보여줘 봐. 그렇지 않으면 실망할 것 같아. 나를 단지 방패막이로 사용하는 대담성을 지닌 자의 무력이 고작 이 정도라면 말이야."

"이노옴!"

제논의 말에 노호성을 터뜨리는 팔레티 국왕이었다. 그는 한때 기사를 동경했던 자였다. 그래서 격무 중에도 절대 검을 손에서 놓지 않았다. 그러한 것이 도움이 되었던지, 그의 몸놀림은 뱀파이어 중에서도 상당히 빼어나다고 할 수 있었다.

그의 몸이 흩어졌다. 말 그대로 흩어졌다. 사방으로 검은색의 모래가 날렸다. 그리고 그 모래는 다시 한데 뭉쳐 수없이 많은 박쥐를 만들어내고 있었다.

"끼아아악!"

박쥐가 울었다. 수십, 수백의 박쥐가 원래와는 다른, 소름 끼치는 소리로 울었다. 그리고 그 모든 소리는 제논을 향하고 있었다. 한꺼번에 울려 몰려드는 소리의 파도.

'정령 소환(Summon Elemental), 운디네(Undine), 방어막 (Shield).'

제논의 몸 주변으로 뿌연 막이 생겨났다. 덮쳐 들던 음파가 그대로 뿌연 막과 부딪히며 무시무시한 폭발음을 일으켰다.

파하아앙! 파르르르!

제논의 방어막에 막혀 바위에 부딪힌 파도처럼 산산이 부서져 나가는 음파 공격. 제논을 감싼 방어막은 그저 흔들렸을 뿐, 어떤 상해도 입지 않았다.

저벅!

제논은 오히려 한 걸음을 앞으로 내딛었다. 팔레티 국왕은 그것을 허용하지 않겠다는 듯 다시 수백의 박쥐를 불러내 제논을 감싸기 시작했다.

박쥐들의 몸은 검푸른 불꽃이 일렁거리며 불타오르고 있었다. 그리고 제논의 앞에 이르러서는 폭발했다.

화르르륵. 퍼버버벅! 콰가각!

폭발하는 검푸른 불꽃의 향연. 그 폭발의 여파는 고스란히 제논이 펼쳐 놓은 뿌연 막에 가로막혀 소멸되고 있었다. 자신을 둘러싸고 거대한 폭발이 일어나고 있음에도 불구하고도 제논은 걸음을 멈추지 않았다.

저벅!

검푸른 불꽃 박쥐의 공격에도 여전히 걸음을 멈추지 않는 제논의 모습에 팔레티 국왕의 이마에 힘줄이 돋아났다.

"일어나라! 공간에 스며든 악령의 기운이여! 그대들의 원혼을 달래라!"

우우우우웅!

대지가 팔레티 국왕의 외침에 공명하였다. 제논이 걸어가는 곳. 제논이 걸음을 옮기는 곳을 중심으로 짙은 녹색과 혹은 회색이 버무려진 공간이 생겨나고 그 공간 속에서 악령의 손이 솟아나 제논의 발목을 붙잡기 시작했다.

'정령 소환(Summon Elemental), 샐리스트(Sallist), 용암의 대지(Lava Plateau)!'

그가 딛고 걸어가는 곳을 중심으로 용암이 일어나기 시작했다. 그리고 그 용암은 점점 세력을 넓혀 가면서 합쳐지기를 반복하더니 종래에는 팔레티 국왕의 외침에 공명하던 공간을 태우기 시작했다.

치지지직!

"끼아아아악!"

귓등을 후벼 파는 비명 소리가 사방으로 퍼져 나갔다. 물과 불. 그것은 기본적으로 언데드에게는 치명적인 무기였다. 제논은 지금 물과 불을 모두 사용하고 있었다.

제논의 전신은 물의 정령이 방어막을 형성하였기에 불 박쥐의 폭발에도 어떠한 상처를 입지 않았으며 오히려 불 박쥐를 녹여 버리고 있었다.

회백색으로 대지를 물들이는 악령의 손은 지옥불보다 더 뜨거운 용암으로 그 영혼조차 태워 없애고 있었다.

그러한 제논의 신위는 팔레티 국왕의 안색을 극도로 창백하게 만들었고, 야금야금 갉아먹던 체력을 저 깊은 지저의 동굴로 파고들게 했다. 지금 팔레티 국왕의 모습은 비 맞은 생쥐라 해도 과언이 아닐 정도라 할 수 있었다.

"어찌. 어찌 이럴 수가. 어찌 인간이 이럴 수가……."

"말했잖은가? 나는 인간이 아니라고. 말했잖은가? 나는 뱀파이어가 최초로 만들어낸 키메라라고. 말했잖은가? 나는 복수를 위해 이곳에 서 있다고."

제논의 목소리가 팔레티 국왕의 귀를 후벼 팠다. 무척이나 담백한 말이었으나 그에게 전해져 오는 제논의 목소리는 지극히 음울했다.

제논의 심정을 대충 알게 된 팔레티 국왕이었다. 아마도 절망이었을 것이다. 자신이 느꼈던 절망보다 더 깊고 깊은, 아무것도 할 수 없는 무력한 자신을 향한 저주와도 같은 그런 절망 말이다.

그래서 무언가를 해야만 하는, 죽도록 무언가를 해야만 했을 것이다. 그것을 느꼈을 때 팔레티 국왕의 가슴에는 한 자루의 은빛 창이 깊숙하게 박혀 있었다.

아프다기보다는 따끔거린다는 생각이 들었다. 팔레티 국왕은 떨리는 손을 들어 자신의 가슴속에 박힌 창을 만졌다.

치지지지직!

창을 만진 부분이 타들어갔다. 불꽃이 되어 밤하늘을 날아올랐다. 입이 절로 벌어진 팔레티 국왕이었다. 그리고 그때야 알게 되었다. 인간의 일은 인간으로서 끝을 냈어야 했다는 것을 말이다.

하나, 그의 깨달음은 결코 입 밖으로 흘러나오지 않았다. 이미 그의 전신은 불꽃이 되어 밤하늘에 흩날리고 있었기 때문이다. 그가 착용한 모든 것은 한 줄기 불꽃이 되어 흩날렸다. 심지어는 그가 쓰고 있던 왕관마저도 불꽃이 되었다.

"뱀파이어는… 그들만의 세상에만 존재했어야 했다. 인간들과 같이 지배와 권력에 물들지 않고 말이다."

그렇게 말을 한 제논은 전장을 훑어가고 있었다. 전장은 아직도 치열하게 전투를 이어가고 있었다. 미스릴로 정제된 라이칸 슬로프의 손톱에 뱀파이어들은 불꽃이 되어 밤하늘에 흩어졌고, 그들의 창백한 얼굴에는 라이칸 슬로프의 심장에서 튄 핏물이 묻어 있었다.

Chapter 02

어둡고 칙칙한 실내. 온통 검은색의 연미복을 차려입은 자들과 화려한 궁장을 차려입은 여인네들이 적막에 휩싸인 채 허공에 일렁거리는 기묘한 영상을 지켜보고 있었다.

　　"흐으음."

　　불쾌한 듯 혹은 답답하다는 듯 가늘고 긴 한숨이 흘러나와 장내의 질식할 것 같은 침묵을 일깨우고 있었다. 이 어두운 공간에 모인 자들. 그들은 헤밀턴 공작 가문의 실질적인 인물이라 할 것이었다.

　　어둠의 가장 깊숙한 곳. 그곳에는 날카로움과 단단함이 느껴지는 한 인물이 소파에 몸을 깊숙하게 묻고 팔걸이에 양팔을 올린 채 말없이 허공을 응시하고 있었다.

"본작이 보아야 할 것이 저것이었더냐?"

"…그렇습니다."

꿈틀.

저음으로 어둠의 공간을 울리는 목소리에 쇳조각 부딪히는 소리가 답을 했다. 전대 헤밀턴 공작과 당대의 헤밀턴 공작이었다. 그 외에 크리스티나 오브레임, 그리고 오브레임 후작이 자리하고 있었다.

전대 헤밀턴 공작의 시선이 조용하게 한 명에게로 향했다. 그것은 바로 오브레임 후작에게로 였다. 헤밀턴 공작의 시선을 받은 오브레임 후작은 마치 도저히 그 시선을 감당할 수 없다는 듯이 몸을 부르르 떨었다.

그러한 오브레임 후작의 모습을 보던 전대 헤밀턴 공작은 무심한 얼굴로 물었다.

"언제까지 감추고 있을 수 있다고 생각했더냐?"

"…무슨?"

오브레임 후작이 놀라 반문했다. 그 순간 어둠의 공간을 가르며 지독히도 날카로운 살기가 오브레임 후작의 심장을 노리며 파고들었다.

'이것은 진실이다!'

그 순간 오브레임 후작이 느낀 감정은 바로 그것이었다. 전대 헤밀턴 공작은 진정으로 자신의 심장을 뽑으려 하고 있는 것이었다. 그에 오브레임 후작은 결코 지체할 수 없었다.

파아앙!

공기가 찢어지는 듯한 소리가 울렸다. 한 차례의 격돌이 일어 그 여파가 주변으로 퍼졌다. 어찌나 대단했던지 당대의 헤밀턴 공작이나 크리스티나 역시 알게 모르게 다크 쉴드를 소환해 그 여파를 소멸시키고 있었다.

다시 정적이 감돌았다.

두 명의 시선이 전대 헤밀턴 공작과 오브레임 후작을 향했다. 전대 헤밀턴 공작의 날카로운 검이 정확하게 오브레임 후작의 심장 어림에 멈춰져 있었다.

그 날카로운 검 끝을 막고 있는 것은 역시 오브레임 후작의 검날이었다. 당대 헤밀턴 공작과 크리스티나는 놀란 눈으로 낯선 광경을 지켜보고 있었다. 그들의 눈동자에는 불신의 빛이 떠올라 있었다.

'당신이… 날 속여?'

'속았… 군.'

그들은 느낄 수 있었다. 자신의 아버지인 전대 헤밀턴 공작은 진정으로 오브레임 후작을 제거하려 했다는 것을 말이다. 헤밀턴 가문에서 가장 강력한 힘을 가지고 있고, 진혈에 포함

된 시기 또한 극히 짧으나 그 짧은 시간에도 불구하고 헤밀턴 공작 가문을 탄탄한 진혈의 가문으로 만든 이가 바로 자신들의 아버지라는 것을 말이다.

뱀파이어 일족에게 있어 힘은 곧 권력이라 할 수 있었다. 그들은 무력을 숭상한다. 절대적으로 모든 지위는 무력에 의해 결정이 된다. 그런 일족의 세계에서 확고하게 진혈의 반열에 오른 헤밀턴 공작 가문이다.

그것은 전대 헤밀턴 공작의 가진 바 무력이 실로 대단하다는 것을 증명하는 것과도 같았다. 그러한 아버지의 살의가 담긴 일결을 막아냈다는 것은 오브레임 후작이 진혈의 반열에 올랐다는 것을 의미하고 있었다.

그는 진혈에 의해 뱀파이어가 되었기에 1세대 뱀파이어였다.

뱀파이어는 종속이 될 수 있으나 진화할 수는 없다. 하지만 최근 그런 불문율이 조금씩 깨지고 있었다. 대부분 2세대 혹은 3세대 뱀파이어에 의해 돌연변이처럼 한 세대를 거슬러 올라가는 진화를 한 것이었다.

하나, 그것은 2세대 혹은 3세대에 한해서 일어나는 현상일 뿐이었다. 2세대 혹은 3세대는 뱀파이어라기보다는 오히려 인간과 뱀파이어의 혼혈에 가까운 존재였으니 얼마든지 세대 거스름이 가능할 수 있었다.

하나 1세대, 혹은 진혈은 다르다.

1세대는 그 가진 바 피의 순수함으로 인해 진혈의 뱀파이어로 진화할 수 없었고, 진혈 역시 결국 살아온 연륜으로 더욱 강력해진 피의 전승에 의한 것일 뿐이었다.

그런데 그런 1세대 뱀파이어가 진혈로 진화를 한 것이었다. 아니, 이것은 돌연변이라고 해도 과언이 아니었다. 그것을 안 당대 헤밀턴 공작과 크리스티나는 경악을 하고 있었다.

그리고 그들은 그 배신감에 치를 떨었다. 자신들이 눈 아래로 두었던 오브레임 후작에 의해 철저하게 이용당하고 있다는 것을 깨닫게 됨에, 그 배신감은 곧바로 지독한 분노의 감정에 휩싸이게 했다.

하나 그 분노를 표출할 수는 없었다. 자신들의 아버지가 지금 그와 대화를 하고 있기 때문이었다. 같은 혈족이기는 하나 그 위계는 철저하기 그지없었다.

"왜 그랬더냐?"

"……."

여전히 검 끝과 검날이 대치 중임에도 얼굴 표정 하나 변하지 않고 묻는 전대 헤밀턴 공작과, 그에 대답조차 하지 않는 오브레임 후작이었다.

'크으윽!'

실제 그는 지금 대답할 수 없었다. 대답하기는커녕 조금씩 밀고 들어오는 전대 헤밀턴 공작의 검 끝을 막아내기조차 버거웠다. 그의 손아귀에 굵은 힘줄이 돋아나기 시작했고, 마침내 이마에서 굵은 땀방울이 흘러내리기 시작했다.

주르륵!

이마를 가로질러 흘러내리던 땀방울은 그의 볼까지 흘러내리거나 눈썹에 걸려 대롱대롱 매달리기도 했다. 매달린 땀방울은 이내 그 무게를 견디지 못하고 눈 속을 파고들었다.

따끔한 아픔이 전해졌다. 평소라면 따갑고 말았을 것이다. 하나 지금은 아니었다. 땀방울마저도 아프게 다가왔다. 그런 오브레임 후작의 얼굴을 보며 전대 헤밀턴 공작은 날카롭게 웃었다.

즈즈즈즉!

전대 헤밀턴 공작의 검 끝에 더욱 큰 힘이 가해졌다. 검 끝을 막고 있던 오브레임 후작의 검 날이 밀려 이제는 자신의 검 날에 심장이 눌릴 지경이었다.

"야망이 있는 것은 좋다. 사내로 태어나 야망이 없으면 사내라 할 수 없음이니. 하나, 이빨을 드러내지 말았어야 했다. 주인을 무는 개 따위는 필요 없음이니 말이다."

"……."

그는 여전히 말을 할 수 없었다. 대답 대신 그의 입가에는 가는 혈선이 내비치고 있었다. 과한 심력의 소모와 함께 검 끝에서 전해지는 어둠으로 인해 내부가 진탕된 것이었다.

"하나, 그 기개만은 높이 사마."

그렇게 말을 하는 전대 헤밀턴 공작이었다. 그리고 언제 그랬느냐는 듯 검이 사라지고 검에 담긴 살의 역시 사라졌다.

"크허억. 쿨럭! 쿨럭!"

그에 오브레임 후작은 답답했던 숨을 토해냄과 동시에 거칠게 기침을 해댔다. 그의 기침 속에는 검붉은 핏물이 섞여 있었다. 무척이나 힘든 상황임에도 불구하고 누구 하나 그를 위해 행동을 취하는 이는 없었다.

"다시 부르겠다. 물러가라."

"며, 명!"

힘들게 답을 한 오브레임 후작은 그 잠깐의 대치에 지칠 대로 지친 몸을 이끌고 이 어두운 공간을 벗어났다. 그는 최대한 빨리 이곳을 벗어나고 싶었다.

진저리 치도록 무서웠다. 어느 정도 그들과 가까워졌다고, 근접했다고 생각했다. 하나, 지금 경험한 전대 헤밀턴 공작은 절대 넘을 수 없는 거대한 벽과 같은 존재였다.

비릿한 혈향이 입안을 감돌았다. 하지만 오브레임 후작을 더욱더 참담하게 만드는 것은 가슴 깊이 파고든 패배감과 함께 몸으로 반응하는 그에 대한 공포감이었다.

애써 진정하고 있기는 하지만 아직도 가늘게 떨고 있는 자신의 다리와 새하얗게 변해 버린 손이 미치도록 보기 싫었다.

그는 힘겹게 이 공간의 문을 열고 나갔다. 들어올 때는 그리도 가볍던 문의 무게가 이제는 두 손으로 잡고 밀어도 견고한 바윗덩어리처럼 밀리지 않았다.

힘겹게 자리를 벗어나는 오브레임 후작의 뒷모습을 전대 헤밀턴 공작은 차갑게 바라보았다. 그의 입가에는 싸늘한 미소가 떠올라 있었다. 마치 벌레지를 보는 듯한 그런 눈동자였다.

그러다 서서히 그의 시선이 돌려졌다. 바로 당대의 헤밀턴 공작과 차기 퀸의 후계자로 지목된 크리스티나에게로였다.

"프라이스 네가 설명할 것이냐, 아니면 크리스티나 네가 설명할 것이냐."

"제가 설명할게요."

"듣겠다."

전대 헤밀턴 공작의 시선이 크리스티나에게로 향했다. 그의 눈빛은 엄중함을 담고 있었다. 그에 크리스티나는 절로 마른침을 삼킬 수밖에 없었다. 자신이 아무리 강해졌다 하더라도 저 무표정을 가장한, 근엄 그 자체인 아버지는 결코 넘을 수 없을 것 같았다.

"그러니까……."

조심스럽게 크리스티나의 입이 열렸다. 그녀는 최대한 차분하게 처음부터 끝까지 모든 사항을 입에 담았다. 자신이 알고 있는 모든 것을 자신의 절대적인 존재 앞에 털어놓고 있었다.

꽤 오랫동안 지속된 크리스티나의 이야기에도 불구하고 전대 헤밀턴 공작이나 당대 헤밀턴 공작인 프라이스나 처음 잡은 자세를 그대로 유지하고 있었다.

"그래서……."

"그만!"

오랜 시간 동안 지속된 크리스티나의 말을 가로막은 것은 역시 중후함을 잃고 있지 않은 전대 헤밀턴 공작이었다. 상당히 중요한 이야기임에도 불구하고 전대 헤밀턴 공작의 목소리는 담담하기 그지없었다.

"프라이스."

"네, 아버지."

"뭘 했더냐?"

"죄송합니다."

일체의 변명은 없었다. 오로지 결과에 대한 질책과 그 질책을 받아들이는 자세만 있을 뿐이었다. 현역에서 물러나 전대라는 단어가 붙기는 하지만 그는 여전히 헤밀턴 공작 가문을 지탱하는 가장 큰 거목임에는 분명했다.

"되었다. 방책은?"

"오브레임 후작 가문의 전력을 투사하라 할 방안입니다."

"그것이 가능하다고 생각하더냐?"

프라이스는 즉각 아버지의 물음이 무엇인지 알 수 있었다. 지금까지 자신의 모든 것을 숨겨왔던 오브레임 후작이었다. 심지어 함께 지냈던 크리스티나의 눈마저 속였다. 자신의 야망을 위해서 말이다.

그러한 그가 진정 이번에 일어난 일련의 사태에 대해 심각함을 깨닫고 자신의 모든 것을 투사해 작금의 상황을 해결하려 할 것이냐가 문제였다.

우직한 모습과 다르게 그는 야비했으며 잔인했다. 자신의 야망을 위해 가장 친한 친구를 죽음으로 몰아넣었고, 친구의 가문을 멸문시키는 데 앞장섰으며, 권력을 가진 자 발치에 바짝 엎드려 자신을 숨겼다.

그러한 자가 모든 것이 들통 났다 하여 자신의 모든 것을 투사하고 복종할 것이냐 묻는다면 프라이스는 당연히 아니라고 대답할 것이다.

"그렇게 하도록 만들어야 하지 않겠습니까?"

자신만만한 맏아들의 말에 잠시 고개를 끄덕이던 전대 헤밀턴 공작은 이내 입을 열었다.

"채찍으로 강제하는 것도 한 방법이겠지. 하나 지금은 채찍보다 당근이 좋을 듯싶다."

"당근이라 하면?"

"왕국을 맡기기로 하지."

"왕국을 말씀이십니까?"

전대 헤밀턴 공작의 말에 프라이스와 크리스티나가 해연이 놀랐다. 코린 왕국은 자신들의 뿌리라 할 수 있는 곳이었다. 그런데 지금 자신들의 아버지는 그 뿌리를 버리고자 하는 것이었다.

"떠날 필요는 없지. 전면에 나서지 않을 뿐. 또한 정을 붙이고 살면 그곳이 고향이 아니더냐? 코린 왕국은 지금 당대의 가문에 있어서 그리 중요한 곳이 못 된다."

하긴 그러했다. 인간일 적 소속되었던 코린 왕국과 밤의 일족 중에 수위의 자리로 기반을 다진 지금 코린 왕국을 비교한다면 재고의 가치조차 없었다.

그리고 지금 코린 왕국은 국왕이 없었다. 물론, 패트리아스 백작이 직접 국왕이 될 수도 있고, 또 다른 왕의 일족을 끌어들여 대리 청정을 할 수도 있겠으나 이미 코린 왕국의 명은 다했다고 해도 과언이 아니었다.

그러한 코린 왕국에 굳이 감상적인 마음을 가진 채 연민을 가질 필요는 없었다. 하지만 뭔가 아쉽기는 했다. 코린 왕국의 배후에서 왕국을 좌지우지하는 것도 쏠쏠한 재미가 있었으니 말이다.

"작은 재미에 연연하지 말라."

"명심하겠습니다. 하면 그에게 제공할 당근을 어떻게 해야 하겠습니까?"

"완전하게 해주겠다고 전하거라."

"……?"

의문이 깃든 눈동자를 하는 프라이스였다. 그런 프라이스를 보며 짧게 혀를 찬 전대 헤밀턴 공작이 입을 열었다.

"몰랐더냐?"

"…무슨."

"그가 세대를 역행하는 힘을 가졌음에 그것이 정상적이라 할 수 있더냐?"

"그야……."

아버지의 말에 프라이스는 그제야 무언가 깨달았다는 듯이 말을 흐렸다. 정상적이지 않았다. 그렇다면 정상적이지 않은 방법이 사용되었다는 것을 의미했다.

그것은 바로 자신들의 전유물이라 할 수 있는 어둠의 마법의 효과라 할 것이다. 세대를 거스를 수 있는 방법은 단 하나다. 이미 몇 세대 전, 뱀파이어 로드가 뱀파이어가 멸절될 위기에서 구해낸 바로 그 시기에 등장했던 금단의 마법.

멸족의 위기에 처하게 했던 그 금단의 마법에 그가 다시 손을 댔다고 해도 과언이 아닐 것이다. 지금 당장 상상할 수 있고, 유추할 수 있는 단 하나의 방법은 그것밖에 없었다.

"하지만 어떻게……."

"그에게 전승을 했던 이가 누구라고 생각하느냐?"

"……?"

전대 헤밀턴 공작의 말에 대답 없이 의문의 빛을 띤 프라이스였다. 그것은 크리스티나 역시 다르지 않았다.

"그의 전승된 피 속에는 배덕의 피가 흐르고 있음이다."

"그런……."

"……!"

그들은 그제야 알 수 있었다. 배덕의 전승. 오로지 한 명을 지칭하는 칭호.

카인 셀라시에.

그는 원래 최하급 뱀파이어였다. 하나, 어느 순간 그는 진혈의 뱀파이어를 압도할 만큼 대단한 무력을 가지게 되었다. 그는 그러한 무력을 가짐과 동시에 자신에게 동조하는 뱀파이어들을 결집시켰다.

그리고 자신의 야망을 드러내었다. 바로 인간 세계의 정복이었다. 하나, 결국 그러한 뱀파이어들의 행태를 좌시하지 못한 뱀파이어 로드가 직접 개입하게 되었고 사태는 다시 진정되었다.

그것이 2천 년 전의 일이었다. 그 후로 카인 셀라시에 대한 어떠한 정보도 얻을 수 없었다. 그의 존재 자체가 소멸되었다는 말까지 나돌 정도였다. 그런데 그가 다시 활동하기 시작한 것이다.

그리고 그의 피가 전승되고 있었다. 어떻게 해서 오브레임 후작에게 다다랐는지는 알 수 없었다. 한 가지 분명한 것은, 오브레임 후작이 카인 셀라시에의 피를 이었다면 뱀파이어 일족은 멸족의 위기에 처할 수 있었다.

"그러고 보니……."

말을 흐리는 프라이스였다. 문득 생각이 든 것이다. 지금 뱀파이어 일족은 확장에 확장을 거듭하고 있었다. 과거 2천 년 전 카인 셀라시에가 활동했던 당시의 확장보다 더 무서운 속도로 말이다.

진혈들만 아는 비밀이나 이미 뱀파이어 일족이 점령한 왕국의 수만 해도 무려 다섯 개가 넘어가고 있었다. 그러한 확장 일변도의 밤의 일족.

"카인 셀라시에가 소멸되지 않았다는 말씀이십니까?"

"그건 나 역시 모르는 일. 하나, 중요한 것은 오브레임 후작이 카인 셀라시에의 달짝지근한 피를 전승했다는 것이겠지."

"위험하군요."

"극도로……."

"알려야 하지 않겠습니까?"

"모를 것 같더냐?"

"하면……."

고개를 무심하게 끄덕이는 전대 헤밀턴 공작이었다. 실로 복잡 미묘하게 얽히고설킨 뱀파이어들의 세계였다. 인간 세계보다 더한 미로와도 같은 관계의 연속이었다.

그리고 지금에 와서 자신의 아버지가 이런 말을 하는 연유를 깊게 생각하는 프라이스였다.

'왜일까?'

깊은 생각에 잠겨든 프라이스와 크리스티나. 그러한 아들과 딸을 말없이 지켜보는 전대 헤밀턴 공작.

"아!"

"그럴 수가……."

힌트는 바로 당근을 제시하라는 전대 헤밀턴 공작의 말에 있었다. 그들에게 있어서 혼란은 가문을 안정화시키는 데 필수적인 요소였다. 가문의 야망을 실현시킬 또 다른 요소이기도 하고 말이다.

그러한 그들의 반응에 전대 헤밀턴 공작은 미묘한 웃음을 지어 보였다. 그리고 예의 중후한 목소리로 입을 열었다.

"상관없지 않느냐? 밤의 일족 최대의 적이라 할 수 있는 잊혀진 존재가 없으며 조율자가 사라진 이상. 일족을 견제할 어떤 존재도 없음이니."

"그러하군요. 가문에게는 기회로군요."

"그를 가문에 완벽하게 끌어들이실 생각이십니까?"

크리스티나의 말과 프라이스의 물음이었다.

"그를 이용하는 것도 괜찮지 않을까 한다. 단서를 제공하고, 그가 야망을 키운다. 그리고 그의 힘이 충분히 커졌을 때 우리의 힘으로 그를 제압한다."

"멋지군요."

"그가 받아들일까요?"

크리스티나의 근심 어린 물음에 전대 헤밀턴 공작은 말없이 고개를 끄덕였다.

"지금 그는 수세에 몰렸다. 회복할 방법은 본 가문을 등에 업고 자신의 실수를 만회하는 것이 최선이다. 우리는 그러한 그에게 조금의 도움만 주면 되는 것이다."

"그렇군요."

"너에게 맡기마."

전대 헤밀턴 공작의 말에 말없이 웃어 보이는 크리스티나였다.

"프라이스는 그에게 한 개의 마법 기사단과 가디어스 기사단, 그리고 중급 키메라 병단을 지원하도록 하거라."

"알겠습니다."

모든 대화가 끝이 났다. 먼저 크리스티나가 일어나 어두운 공간을 벗어났다. 그에 프라이스 역시 전대 헤밀턴 공작에게 목례를 올린 후 공간을 벗어났다. 그러한 그들을 바라보며 전대 헤밀턴 공작은 기괴하게 웃었다.

"큭! 싸워라. 물고 물어뜯으면서 말이다. 어떠한가?"

전대 헤밀턴 공작이 자신의 의자 맞은편 텅 빈 공간을 바라보며 입을 열었다. 그에 그의 멀고도 먼 맞은편에서 음울한 목소리가 흘러나왔다.

"켈. 그대는 사악하군. 나보다 더 말이야."

어두운 공간에서 한 명의 인물이 나타났다. 전대 헤밀턴 공작과 똑같은 자세를 유지한 채, 원래 그 자리에 있었다는 듯이 말이다.

머리카락 한 올 없는 대머리. 날카롭게 째진 핏빛 눈동자. 그리고 휘어진 매부리코. 그를 보다 보면 마치 뱀을 보는 것 같은 섬뜩함이 스쳐 지나갔다.

"그대의 피가 의외로 잘해주고 있어. 안 그런가? 배덕의 군주, 카인 셀라시에."

"켈켈. 진정 오랜만에 들어보는 기분 나쁜 칭호로군. 하나, 그대는 자격이 있다. 광란왕 벨레스여. 아니, 이젠 슈프라이머 헤밀턴이던가?"

배덕의 군주 카인 셀라시에와 광란왕 벨레스.

벨레스, 혹은 빌레트, 빌레스라 불리는 자. 그는 마왕이었다. 마계의 85개 군단을 이끌고 있으며 예전에는 좌천사 또는 능천사로 불렸던 자.

창백한 색의 말을 탄 왕의 모습으로 이 세상에서 누군가가 부르는 것을 무척 싫어하며, 오케스트라의 팡파르와 함께 분노의 표정으로 등장하며 입에서는 불을 뿜는다.

그는 마계에서 광란왕이라 불리는 자였다. 그런데 그가 이곳에 인간의 모습, 아니, 뱀파이어의 모습으로 존재하였다.

광란왕이라 불리는 이유는 미쳐 있기 때문이었다.

그는 전투는 물론이고 인간의 욕심을 이용하여 모든 것을 난장판으로 만드는 데 미쳐 있었다. 그러한 그가 어떻게 이곳에 존재하게 되었을까? 그것은 바로 배덕의 군주라 일컬어지는 카인 셀라시에 덕이라 할 수 있었다.

무려 2천 년에 걸친, 길고 긴 인고의 시간 동안 공들여 온 카인 셀라시에에 의하여 현세한 광란왕. 하지만 그는 광란왕이면서 광란왕이 아니었다. 그는 슈프라이머 헤밀턴이었다.

마왕이란 존재는 인세에 현신할 수 없다. 현신하더라도 지극히 나약한 모습이었다.

당대에 이르러서 사라진 신에 대한 갈망 때문일 것이다. 신이 인간의 염원과 기도에 의해 존재하듯 마왕 역시 인간의 염원과 기도에 의해 존재한다. 즉, 신도에 의해 신이 존재하는 것이다. 그런데 신도가 없음에 마왕이든 신이든 현신할 방법이 없었다.

그러함에도 벨레스가 현세에 존재하고 있었다. 시공을 초월해서 말이다. 그들이 서로를 보며 득의한 웃음을 떠올리고 있을 때, 크리스티나는 이미 오브레임 후작과 독대를 하고 있었다. 하나, 그 독대는 여느 날과는 확연하게 다른 독대였다.

싸늘하게 상대를 바라보고 있는 두 명.

크리스티나는 여느 때와 같은 모습이었으나 오브레임 후작은 달랐다. 과거의 모습을 벗고 새로운 모습으로 크리스티나 앞에 앉아 있었다.

또한, 뒤에는 그의 지낭이라고 할 수 있는 렌스 프레이저 자작과 그의 무력이라 할 수 있는 다크 엘프 기사단의 총 기사단장인 라파엘 소리아노 백작이 시립하고 있었다.

그런 오브레임 후작의 모습을 바라본 크리스티나는 의미심장한 웃음을 떠올렸다.

"이제 가면을 벗을 때인가요?"

"감출 수 없으니 드러내는 수밖에."

"진즉에 이런 모습을 보여줬으면 좋았을 것을요."

자신을 걱정하는 듯 자신을 남편으로 대하는 듯하는 크리스티나의 말에 오브레임 후작은 별다른 반응을 보이지 않았다. 그것 역시 평소와 다른 그의 태도였다.

"그랬다면 조금 더 일찍 제거되었겠지. 아니면 부인의 꼭두각시가 되었거나 말이지."

"틀린 말은 아니로군요."

부정해도 시원치 않을 판에 크리스티나는 인정해 버렸다. 그러함에도 오브레임 후작은 별다른 반응을 보이지 않았다.

"당신은 나를 사랑하지 않으니까. 여전히 그를 사랑하고 있으니까. 그에 대한 복수를 위해 부인은 나를 선택했으니까."

"……."

오브레임 후작의 무덤덤한 말에 아주 잠깐이지만 크리스티나의 눈동자가 흔들렸다. 하나, 그 흔들림은 나타날 때보다 더 빠르게 사라졌다. 그리고는 고혹적인 미소가 떠올랐다.

"그러나 현재의 내 옆을 지키고 있는 사람은 당신이지요."

"그런가? 영광이로군."

묘한 울림이 있는 오브레임 후작의 말이었다. 그 대답에 뼈가 있음을 모를 리 없는 크리스티나였다. 하나, 그녀는 화를 내지 않았다. 처음엔 그랬다. 그런데 어느 순간 그 마음이 희석되고 있었다.

가지지 못한 것에 대한 연민이나 욕망보다는 자기가 가질 수 있는 미래에 대한 욕망이 불타올랐기 때문이었다. 아니, 오히려 무표정을 가장하고 있지만 패트리아스 백작을 생각하며 질투하는 오브레임 후작이 더욱더 가깝게 느껴지는 크리스타나였다.

"아버지께서는 뱀파이어 나이츠 1개 기사단 50명, 라이칸 슬로프로 이루어진 가디어스 1개 기사단 200명, 그리고 중급 키메라 병단 1천을 지원할 거예요."

"호오~ 장인어른께서? 생각보다 날 높이 평가해 주시는군."

"훗. 글쎄요? 그건 모를 일이지요. 혈육이라는 우리조차 아버지의 속마음을 모르니 말이지요."

"그런가? 하긴 그럴 수도."

인정해 버렸다. 권력이란 그런 것이니까. 권력이란 자식 간에도 나눌 수 없는 것이었다.

"아마도 최선을 다해야 할 거예요."

"최선?"

"그래요."

"다 보이란 말인가?"

"그렇지 않으면 아마 다음에 아버지를 만났을 때는 당신의 심장이 아버지의 손에 들려 있을 거니까요. 아직은 이 코린 왕국에서 아버지의 존재를 무시할 수 있는 자는 아무도 없어요."

크리스타나의 말에 부지불식간에 고개를 끄덕이는 오브레

임 후작이었다. 인간이든 인간이 아니든 코린 왕국 내에서는 전대 헤밀턴 공작을 어찌 할 수 있는 인물이 없었다.

물론, 뱀파이어 퀸은 예외적인 존재라 할 수 있었다. 하나, 그녀가 굳이 코린 왕국의 실세인 전대 헤밀턴 공작과 척을 질 연유는 없었다. 너무 가깝지도 않지만 척을 질 정도로 멀지도 않은 그런 관계였다.

이것이 바로 전대 헤밀턴 공작의 무서운 점이었다. 그의 관계는 언제나 그랬다. 벽난로에 너무 가깝지도 않고, 벽난로에서 너무 멀지도 않았다. 그래서 그에게는 적이 없었다. 적어도 겉으로 이빨을 드러내는 적은 말이다.

"그리고 이미 드러내기로 한 이상 인정을 받는 것도 나쁘지 않은 선택일 수 있으니까요. 아버지께서는 코린 왕국을 당신에게 맡기고 싶어 해요."

"호오~"

이번에는 얼굴에 표정이 드러나는 오브레임 후작이었다. 생각 외로 크게 양보하는 전대 헤밀턴 공작이었기 때문이다. 하나, 이내 얼굴색을 다시 바꿔 예의 무관심한 표정이 되었다.

"나쁘지 않군."

"그런가요?"

오브레임 후작의 말에 크리스티나의 눈이 가늘어졌다. 확실히 달라졌다. 과거와는 전혀 다른 모습이 오히려 마음을 더욱 동요시키고 있었다.

하나, 그녀 역시 만만한 상대는 아니었다. 그녀는 슬쩍 오브레임 후작의 얼굴을 살핀 후 자리에서 일어나 서서히 그의 곁을 스쳐 지나가며 입을 열었다.

"그라면 과연 어땠을까요? 과거의 그가 아닌 현재의 그 말이지요."

"……"

그라는 말이 나오자 오브레임 후작의 눈가가 잘게 떨려왔다. 분노하고 있었다. 크리스티나는 그 느낌을 알고 있었다. 이것은 질투였다. 자신의 아내이면서 다른 남자를 가슴에 담고 있다는 오해에서 비롯한 질투 말이다.

크리스티나는 방을 나왔다. 오브레임 후작은 여전한 자세로 앉아 있었다. 뒤에 있던 프레이저 자작과 소리아노 백작이 그의 앞에 조용히 앉았다. 그러고도 한참 동안 오브레임 후작은 미동조차 하지 않았다.

"그를 만나고 싶군."

참으로 오랜만에 열리는 오브레임 후작의 말이었다. 일순 프레이저 자작과 소리아노 백작은 그가 누군지 감조차 잡을 수 없었다. 조금 더 일찍 알아차린 것은 역시 프레이저 자작이었다.

"제논 패트리아스 백작 말입니까?"

갑작스런 오브레임 후작의 말에 눈을 동그랗게 뜨고 놀라는 프레이저 자작이었다. 적이었다. 그것도 지금 오브레임 후작의 자리를 위협하고 있는 절대의 적이었다.

그러한 그를 만나 대체 무엇을 하고자 하는 것인가. 그렇게 생각에 잠겨 있을 때 오브레임 후작이 자리에서 일어섰다. 반사적으로 그 둘 역시 일어섰다.

"그가 어디 있다고 했지?"

"그… 왕성입니다."

"가지."

"하나……."

가던 걸음을 멈추고 프레이저 자작을 바라보는 오브레임 후작이었다. 그의 눈은 안정되어 있었다. 결코 충동적인 어떤 마음으로 지금의 결정을 한 것이 아님을 의미했다.

"이대로만 갈 것이네."

"…알겠습니다."

그들이 달빛 속으로 사라졌다. 그리고 그 달이 사라지기 전에 그들은 코린 왕국의 피에 젖은 왕성에 서 있었다. 오브레임 후작이 달을 등지고 허공에 꼿꼿이 선 채 왕성을 내려다보았다.

그는 아무런 행동도 하지 않았다. 하나, 소리아노 백작과 프레이저 자작은 느낄 수 있었다. 그는 지금 일생일대 최대의 적을 기다리고 있다는 것을 말이다. 그 적은 자신이 왔음을 알고 있을 것이라는 듯이 말이다.

그리고 그들의 생각이 맞다는 듯이, 혹은 오브레임 후작의 행동이 맞다는 듯이 그들의 전면으로 한 명의 인물이 모습을 드러내고 있었다.

백발에 긴 장창을 어깨에 걸쳐 멘 자. 바로 제논 패트리아스 백작이었다.

두 사람의 시선이 부딪혔다. 한동안 둘은 말이 없었다. 그러한 어색한 침묵을 먼저 깬 것은 제논이었다.

"오랜만이로군."

"그렇군. 정말 오랜만이로군."

무색무취한 둘의 대화였다. 듣는 이조차 절실하게 느껴지는 무미건조한 둘 사이의 음성과 감정들이었다.

"무슨 일인가?"

"그냥. 보고 싶어서?"

"그런가? 그럼 가보게."

"궁금하지 않나?"

"뭐가 말인가?"

"내가 왜 왔는지에 대해서."

"보고 싶었다며? 그래서 왔다며? 봤으니 된 것 아니겠나?"

"……."

대답할 말이 없었던지 멍하게 그를 바라보는 오브레임 후작이었다.

"큭. 크하하하. 크하하핫!"

그는 커다랗게 웃었다. 무엇이 그리도 우스운지 좀처럼 그 커다란 웃음을 멈추지 않았다. 그 모습을 한참 동안 바라보던 제논이 등을 돌렸다. 돌아가려는 듯이.

"기다려!"

우뚝.

제논이 멈춰 섰다.

"나를 죽이고 싶은가?"

오브레임의 물음에 제논이 다시 신형을 돌려세웠다. 그리고 붉게 변한 오브레임 후작의 눈동자를 깊숙하게 들여다보았다. 그리고 나직하게 웃음을 떠올렸다.

"당연히……."

"그럴 능력이 있나?"

"내가 능력이 없어서 널 찾지 않았다고 보는가? 내가 네가 어디 있는지 몰라서 널 찾지 않았다고 보는가?"

"아니었나?"

오브레임 후작의 말에 싸늘한 미소를 떠올리는 제논이었다.

"나에게는 남은 것이 없지. 가문도, 혈족도, 아무것도. 너 또한 그래야 하지 않을까? 너의 가문도, 너의 욕망도, 너의 혈족도, 너의 사랑도 모두 묻어야 하지 않을까? 그래서 아주 천천히 가고 있는 것이다. 한꺼번에 먹기에는 너무 아까워서 말이지."

잔인한 말이었다. 그 말에 오브레임 후작은 소름이 끼치는 것 같았다. 과거의 제논 패트리아스가 아니었다. 우선은 아무것도 느껴지는 것이 없었다. 자신과 같이 허공에 둥실 떠 있음에도 불구하고 아무것도 느껴지는 것이 없었다.

"변했구나."

"웃기는군. 변하지 않길 바랐는가? 과거의 순수를 바랐는가? 네가 이곳에 온 것은 정말 과거의 나를 찾아온 것인가?"

무심하게 답을 하는 제논의 말에 오브레임 후작은 쓴웃음을 지었다. 자신은 목적을 가지고 왔다. 제논의 본모습을 보기 위한 것. 그의 실력을 가늠해 보고자 한 것이었다.

그리고 그 이면에는 더욱더 깊은 심계가 있었으니, 제논의 마음을 혼란스럽게 만들고자 하는 배경이 짙게 깔려 있었다. 그저 겉모습만 본다면 뱀파이어가 되었으나 과거의 친구를 보고자 하는 지극히 감상적인 태도였다. 하지만 그 모든 것이 계산된 것이었다.

"크큭. 알고 있었나?"

"나를 너의 수준에서 재단하려 하지 마라. 너는 아주 많은 준비를 해야 할 것이다."

"그래? 그럼 기대해 보지. 과거의 친구가 대체 얼마나 강해졌는지 말이야."

오브레임 후작의 말에 제논이 싸늘한 미소를 떠올렸다. 어찌나 차갑던지 그를 지켜보고 있던 프레이저 자작과 소리아노 백작마저 한기를 느낄 정도였다.

제논이 신형을 다시 돌려세웠다.

"그녀가 아직도 너를 가슴에 두고 있다."

신형을 돌려 미끄러지듯 허공을 가로지르던 제논의 신형이 다시 세워졌다. 그리고 뒤돌아보지 않고 말을 했다.

"잊었다 전해라. 내가 사랑한 것은 뱀파이어가 아니었다고 전해라. 물론, 전하지 않아도 좋다. 상관없으니."

냉정하게 잘라 말한 제논의 신형이 그대로 사라졌다. 그런 제논의 모습에 어딘지 모르게 시원한 느낌을 받은 오브레임 후작이었다. 자신이 하고 싶은 말을 제논이 대신해 준 그런 느낌이었다.

그는 한참 동안 제논이 사라진 곳을 바라보더니 이내 신형을 돌려세웠다.

"가지."

그들이 다시 허공을 밟고 달빛 속으로 사라져 갔다. 그 공간에 다시 한 명의 인물이 모습을 드러냈으니, 그는 바로 제논이었다. 그는 오브레임 후작을 등 뒤로 하고 사라진 것이 아니었다.

제논은 오브레임 후작이 사라진 방향을 뚫어지기 직시하였다. 표정은 담담했으나 까닭 모를 애잔함이 깃들어 있었다. 아니, 그저 그렇게 느껴지는 것 같았다.

제논의 신형이 아주 서서히 지상으로 내려오기 시작했다. 까마득히 높은 곳에서 지상까지 내려오기는 그리 오랜 시간이 걸리지 않았다. 그리고 그가 내려선 곳에는 예의 세 명의 인물이 기다리고 있었다.

"자네가 말한 그 친구인가?"

"그렇습니다."

더글라스 후작이 물었다.

"인상은 별로 더럽지 않은데 왜 이리 찝찝한 느낌이 드는지 모르겠수."

스웬슨이 무언가 마음에 들지 않는다는 듯 불퉁스럽게 말했다. 그러했다. 무척이나 끈적끈적한 무언가가 온몸에 달라붙는 것 같은 그런 느낌이었다. 그때 제논이 입을 열었다.

"그는 배덕의 군주의 선택을 받은 자로군요."

제논이 바라본 자는 안토노프였다. 그는 뱀파이어 로드와 같이한 유일한 라이칸 슬로프였다. 한마디로 뱀파이어들의 살아 있는 역사라 할 수 있는 자였다.

"배덕의 군주라……."

마치 회상에 젖듯이 배덕의 군주라는 말을 입에 담는 안토
노프였다. 그리고는 그의 이름부터 그가 왜 배덕의 군주가 되
었으며, 어떻게 해서 아직까지 살아 있는지에 대하여 아주 세
세한 설명이 흘러나왔다.

"…그렇게 된 게지. 한데, 자네는 그것을 어찌 아나?"

문득 모든 설명을 마친 안토노프가 물었다. 의문이었다.
제논은 실험체이기는 했으나 뱀파이어 내의 사건을 어찌 아
는지 말이다.

"자연적으로 알게 되었습니다."

"자연적으로?"

"그를 보자 그에게서 흘러나오는 까닭 모를 냄새가 나를
일깨우더군요. 마치 오래전에 누군가 나의 머릿속에 그들에
대한 정보를 심어 놓은 것같이 말입니다."

순간 안토노프의 안색이 어두워졌다. 그가 라이칸 슬로프
로서 비록 마법 내성에 의하여 마법을 익힐 수는 없지만 살아
온 세월만큼 쌓인 마법적인 지식은 그 누구보다 해박했기 때
문이었다.

"심연의 싹인가?"

"심연의 싹? 그게 뭡니까?"

안토노프의 말에 되묻는 이는 더글라스 후작이었다.

"심연의 싹은 일종의 마법이네. 최면술과 같은 것이지. 하지만 최면술과는 비교조차 할 수 없는 수준의 마법이네. 그와 같은 유의 마법은 뱀파이어 중에서도 진혈만 사용할 수 있지."

안토노프의 설명을 들은 이들의 얼굴이 묘하게 일그러졌다. 그리고 그들의 시선이 일제히 제논에게로 향했다. 그에 제논은 한 가지 가설을 유추할 수 있었다.

자신은 누군가에 의해 조종당하고 있다는 것을 말이다. 자신은 벗어났다고 생각했지만 여전히 벗어나지 못하고 있음을 알게 되었다. 자신의 심연 속 깊은 곳에 존재하는 어떤 것을 알아차리게 되었다.

그리고 그동안 알 수 없었던 어떤 것의 봉인이 이번을 계기로 풀려 나가는 것임을 말이다. 바로 오브레임 후작을 만남으로써 하나의 봉인이 뜯겨져 나가는 듯한 느낌을 받았다.

"나는 아직 누군가에게서 벗어나지 못한 것이로군요."

답답한 말이 흘러나왔다. 이상하게 심장을 울리는 소리였다. 당사자는 마치 아무렇지도 않다는 듯이 말을 하고 있지만 듣는 이들은 결코 아무렇지도 않게 들을 수 없었다.

그들의 표정을 보면서 제논은 깨달을 수 있었다. 그동안 자신의 생각이 너무나도 잘 들어맞는 상황이 벌어진 것에 대해서 말이다. 어떤 천재라 해도 감히 상상조차 할 수 없을 정도의 상황을 정확히 유추해 내고, 그 역경을 이겨내 온 자신의 모습을 말이다.

순간 정신이 아득해지며 한없이 부서져 나가는 것 같았다. 제논은 그 자리에 그대로 털썩 주저앉았다. 그리고는 두 눈을 질끈 감았다. 그 모습을 세 명은 모두 지켜보고 있었다.

안토노프가 두 명에게 눈짓을 보냈다. 그에 더글라스 후작과 스웬슨은 그를 중심에 놓고 삼각형으로 에워싸 제논을 보호했다. 제논은 끈 떨어진 연처럼 흐느적거리고 있었다.

극심한 정신적 타격에 내면 깊숙한 곳, 심연 속의 심연을 헤매고 있었다. 온통 캄캄한 어둠만이 존재했다. 밝음이란 것이 없는 곳. 제논은 생전 처음 느껴보는, 아니, 가문이 멸문당했을 때 느꼈던 그런 아득한 나락으로 빨려드는 것 같았다.

'여긴……?'

알 수 없었다. 정신을 차리자고 수백, 수천 번을 외쳐 댔다. 하나, 점점 정신은 아득하게 멀어지고 도대체 자신이 누구인지도 잊어버리게 되었다. 그러는 순간 아득히 깊은 곳에서 불빛이 일기 시작했다.

그것은 마치 전장에서 막상막하의 두 기사가 끝임 없이 부딪히는 그런 불빛과도 같았다. 제논은 자신도 모르게 흥분되어, 떨어진 와중에도 두 주먹을 불끈 쥐었다.

아득히 먼 곳임에도 불구하고 제논은 마치 자신의 눈앞에서 벌어진 양 확연하게 볼 수 있었다. 한 명은 익히 아는 사람이었다. 그리고 다른 한 명은 알고는 있으나 기억 저편에 묻혀 있던 존재였다.

Chapter 03

자신이 알고 있는 존재는 지금의 자신을 있게 한 존재였으며, 미망에서 깨어나게 한 존재였다. 그 존재는 과거 폴라리스 제국의 초대 황제이자 전신으로 불렸던 베르누크 아이젠이었다.

　그리고 그와 마주해 끊임없이 싸우고 있는 이는 모르는 이였다. 그러나 그 존재를 보는 순간 수없이 많은 무언가가 제논의 뇌리 가득하게 채워지고 있었다.

　마계를 장악한 72악마 중 서열 12위에 올라 있는 광란왕 벨레스였다. 그는 지금 광란의 전투를 치르고 있었다. 일정한

패턴도 없이 오로지 상대를 향해 거침없이 내려치고 휘고 찌르는 무작스러운 공격이었다.

하나, 그 공격만으로도 전신은 방어하기에 급급해 보였다.

"크하하하. 얼마 남지 않았음이다. 너의 힘은 점점 떨어져 가고 있음이니."

"지랄도 풍년이로구나. 인세에 너를 신봉하는 자가 대체 얼마나 된다는 것이냐. 도대체 말아먹을 게 뭐가 있다고 현세하여 인간을 종으로 부리느냔 말이다. 이 외눈깔 근육 덩어리야."

광오한 광란왕 벨레스의 외침에 단 한마디도 지지 않고 쏘아붙이는 베르누크였다. 제논은 그저 입을 떡 벌린 채 그 둘의 전투와 입씨름을 볼 뿐이었다.

그들은 한마디로 지금 개싸움을 하고 있었다. 마구잡이로 휘두르고 치고 박고 있었다. 게다가 도저히 전신이니 혹은 광란왕이니 하는 자리가 어울리지 않을 정도로 삼류 건달의 언사를 내뱉고 있었다.

그러다 불현듯 둘은 커다란 폭음을 내며 튕기듯 갈라졌다. 둘의 시선이 제논에게로 향했다. 베르누크는 광란왕을 쏘아보며 씹어 뱉었다.

"네놈이 기어코!"

"크크크. 어차피 정해진 운명인 것을. 어찌 하겠느냐? 패배

를 인정하겠느냐?'

"얼어 죽을, 패배는 무슨 패배. 그는 아직 너의 종이 야님을 모르더냐?"

"이미 그는 각성하기 시작했음이다. 어찌 그가 이 깊고 깊은 심연 속으로 들어왔다고 보는가? 이 무식하고 어리석은 인간 놈아."

둘은 몸의 주인인 제논에게는 아무런 관심이 없는 것 같았다. 하나, 그것은 그저 제논이 느끼는 감정일 뿐이었다. 전신이라 불렸던 베르누크는 어느새 제논의 주변에 결계를 쳐 광란왕으로부터 제논을 보호하고 있었던 것이다.

그가 아무리 인세에서 전신이라 불렸을지라도 상대는 지옥의 72마왕 중 서열 12위에 있는 광란왕이었다. 그러함에도 자신의 안위보다는 제논을 더 신경 쓰고 있는 것이다.

그들은 끊임없이 상대를 험담했고, 끊임없이 손과 발, 그리고 무기를 놀리며 상대의 숨통을 끊으려 노력하고 있었다. 하나, 애초에 그들은 존재하나 존재하지 않는 그런 존재임에 서로의 숨통을 어찌할 수 있는 상황이 아니었다.

지금 제논이 등장한 순간, 팽팽하던 둘의 사이에 조금의 균열이 생겨 전신 베르누크가 조금은 밀리는 추세에 있었다. 아마도 광란왕의 의도대로 제논이 심연 깊숙한 곳까지 들어와 각성을 하고 있음에 그런 현상이 일어난 듯하였다.

"끄응. 무식한 마왕 놈이로고. 대체 무슨 영광을 누릴 것이 있어 인간의 탈을 쓰고 간악한 음모를 획책하느냐. 썩 물러가거라."

"크하하. 무식한 인간 놈. 너의 영혼을 씹어 먹어 악의 영혼으로 만들고 말리라."

"흥. 사념체에 불과한 네놈이 어찌 그런 힘을 낼 수 있더란 말이냐. 돌아가랏!'

전신 베르누크의 거대한 할버드가 광란왕의 정수리를 내리 찍고 있었다. 완벽하게 둘로 갈라진 광란왕. 하나, 그리 쉽게 당할 광란왕이 아니었음인지 쪼개진 그 순간 두 명의 광란왕이 되어 전신 베르누크를 압박해 들어가고 있었다.

"흥! 어림없지."

전신 베르누크의 할버드가 눈에 보이지 않을 속도로 휘돌며 자신을 압박해 들어오는 두 명의 광란왕을 소멸시켰다. 하나, 광란왕은 다시 되살아나고 있었다.

'왜? 정령을 사용하지 않지?'

불현듯 제논의 뇌리에 떠오른 생각이었다. 그는 정령과 마법을 모두 사용할 수 있는 절대자였다. 그에게 마법을 전수받지 못했으나 그가 검과 마법, 그리고 정령을 모두 다룰 수 있음을 알고 있었기 때문이다.

'멍청한 놈!'

그때 제논의 뇌리에 울리는 노호성이었다.

'어찌 모르는 것이냐? 저 사념체는 너의 욕망을 먹고 자란다는 것을 말이다.'

'그것이 무슨.'

'아직도 모르겠더냐? 네놈이 나의 모든 것을 이어받기 전, 저놈은 이미 너의 심연 깊숙한 곳에 자리하고 있었다. 이 깊은 심연 속에서 너를 조종하고 있었단 말이다.'

전신 베르누크의 말에 제논은 머리가 핑 도는 느낌이 들었다. 갑작스러운 현기증이 일어난 것이었다. 순간 그는 모든 것을 깨달을 수 있었다.

지금까지 모든 것을 자신의 자의로 이끌어 왔다고 생각했다. 그런데 그것이 아니었다. 마치 잘 짜 맞춰진 마법 주문인 양 척척 들어맞았다. 너무나도 자연스럽게 뱀파이어와 연결된 자신의 행동. 그리고 지금까지 그 실체조차 잡지 못했던 자신의 불안감.

그것은 바로 광란왕 벨레스가 의도한 대로였다는 것을 말이다. 그리고 바로 눈앞에 펼쳐진 것처럼 그동안 꽁꽁 감춰져 기억 속에 숨어 드러나지 않았던 자신을 실험체로 삼았던 이의 얼굴이 떠오르기 시작했다.

'헤… 밀턴 공작!'

그러했다.

제논은 애초 헤밀턴 공작에 의해 실험체로 선택되었던 것이다. 그리고 그 헤밀턴 공작은 바로 자신의 심연 깊숙이 사념체를 심어 제논을 조종하게 한 광란왕 벨레스였다.

또한, 헤밀턴 공작의 옆에서 그를 전적으로 돕고 있는 이 역시 확연하게 얼굴을 볼 수 있었고, 그 얼굴이 떠오르는 순간 그가 뱀파이어들에게 추방당하고 모든 것을 잃은 배덕의 군주 카인 셀라시에라는 것을 깨달을 수 있었다.

절망이 찾아들었다. 모든 것이 무너지는 것 같았다. 자신을 찾았다고 생각했다. 그런데 그것이 아니고 누구에 의해 조종당하고 있는 것이었다. 자신이 아닌 다른 이에 의해 말이다.

'멍청한 놈! 정신 차려라! 이대로 무너질 것이냐? 너를 찾지 않을 것이냔 말이다!'

'어떻게?'

'어떻게는 뭘 어떻게? 저놈을 족쳐야지.'

전신 베르누크의 말에 제논의 시선이 광란왕을 쳐다보았다. 정신이 무너지고 있는 상태에서 제논의 눈에 광란왕은 자신이 어찌할 수 없는 존재로 보였다.

깊은 곳에 자리한 광란왕에 대해 어떠한 무력, 혹은 적대감조차 가질 수 없었다. 지극히 무력해지는 제논의 현 상태였다. 제논은 무언가에 이끌리듯이 광란왕을 향해 걸음을 옮겼다.

'크흐흐. 오너라. 나에게 와 너의 진실한 힘을 깨달아라!'

제논의 뇌리에 울려 퍼지는 달콤한 속삭임. 그의 속삭임은 거기에서 끝나지 않았다.

'힘을 가지고 싶은가? 주겠다. 절대적인 힘을 너에게 주겠다. 인세에서 누릴 수 있는 모든 권력을 너에게 주마. 오라! 나에게 오라!'

'안 돼! 멈춰! 이 멍청한 놈아!'

광란왕은 제논을 불렀고, 전신 베르누크는 제논을 결사적으로 막으려 했다. 하나, 제논의 눈동자는 이미 멍하게 풀려 있었고, 그의 걸음은 마치 좀비처럼 광란왕을 향해 걷고 있었다.

그러한 모습에 광란왕은 득의만만한 웃음 지어 보였다. 그는 거만하게 점점 크기가 줄어들고 있는 전신 베르누크를 바라보았다.

'크흐흐. 보았는가? 인간은 탐욕의 동물. 그러한 탐욕이 어디 가겠는가? 어리석고 무식한 인간 놈아. 네놈이 틀렸다. 네놈이 진 것이다.'

'어찌… 어찌 이럴 수 있단 말인가?'

절망에 찬 전신 베르누크의 음성이 들려 왔다. 그리고 광란왕과 거의 비등한 체구를 가졌던 그의 모습은 이제 일반 성인보다 작은 모습으로 쪼그라들고 있었다.

광란왕의 세력은 점점 더 커졌고, 제논의 깊고 깊은 심연은 어느새 어둠보다 더 어둡게 변하기 시작했다. 그러는 동안 제논은 이미 광란왕의 지근거리에 도착해 있었다.

그저 손만 뻗으면 광란과 닿을 정도로 가깝게 말이다.

'어서 오라, 나의 종복이여!'

입이 좌우로 주욱 찢어지며 거의 귀밑까지 이른 광란왕이었다.

'나 광란왕 벨레스의 제1사도인 제논 패트리아스!'

광란왕은 손을 들어 제논을 맞이했다. 양팔을 벌린 광란왕. 드디어 인세에 자신만의 사도를 둘 수 있는 상황이 된 것이었다. 그의 눈동자는 붉게 물들고, 얼굴은 수시로 변하기 시작했다.

그때였다.

기쁨에 젖어 제논을 맞이하던 광란왕의 심장을 향해 무언가 날카로운 것이 쏘아져 왔다. 하나, 광란왕은 웃음을 지우지 않았다. 오히려 지금의 이 상황을 즐기는 듯 보였다.

'그렇지, 그래. 본 광란왕의 제1사도가 너무 호락호락해서는 안 되지. 어디 한번 볼까? 그 의지가 어느 정도인지 말이다.'

팔을 활짝 연 상태에서 광란왕은 제논을 바라보았다. 제논은 날카로운 자신의 창으로 광란왕의 심장을 찌르려 했다. 하나, 더 이상 전진하지 않았다. 아무리 힘을 줘도 자신의 창은 앞으로 나가지 않았다.

단지 조금 더 움직이면 되는 것을 왠지 모르게 그의 손은 전진하지 못했다. 제논의 이마에 굵은 혈관이 도드라지기 시작했고, 한 번도 흘려본 적이 없던 굵은 땀방울이 흘러내렸다.

'크흐흐. 받아들이지 못하는 것이냐? 이것이 너의 운명이다. 나는 너의 주인. 주인을 영접하지 못하는 것이더냐?'

'끄으으윽!'

제논의 눈이 붉어졌다. 창이 밀려나고 있었다. 그에 제논은 나머지 한 손을 더해 뒤로 물러나려 하는 창을 잡고 앞으로 밀어 넣었다. 그의 입에서는 굉렬한 악다구니가 터져 나왔다.

'우와아아악!'

제논의 모든 것이 한꺼번에 폭발하는 그런 긴 악다구니였다. 전혀 움직일 것 같지 않았던 제논의 창이 움직였다. 창끝이 광란왕의 심장 뒤편까지 삐죽 솟아날 정도로 완벽하게 꿰뚫고 있었다.

득의만만하게 웃고 있던 광란왕의 얼굴이 굳어졌다. 그리고 자신의 심장을 완전하게 쪼개고 들어온 제논의 날카롭게 빛나는 창을 멍하니 바라보았다.

'어, 어떻게… 어떻게 이럴 수가……'

제논은 대답하지 않았다. 대신 두 손으로 창대를 굳게 잡았다. 그의 손에는 굵은 힘줄이 돋아나 있었다.

'나는 나일 뿐. 그 누구도 아니다. 인간이 탐욕과 욕망의 동물인 것은 맞다. 하나, 그러하기에 인간일 수 있음이다. 신 따위는 바라지도 않는다. 그저 인간으로서 울고, 웃고, 화내고, 슬퍼하며 살아갈 수 있다면 말이다. 너 따위 사념체의 유혹에 흔들릴 존재는 아니란 말이다!'

그그극!

제논은 그 말을 마침으로써 창을 아주 서서히 그어 올리기 시작했다. 뼈가 갈리는 소리가 들려왔다.

'안 돼! 안 돼에에에! 이럴 수는, 이럴 수는 없단 말이다!'

'너는 인간이라는 존재를 너무 얕보았다. 인간은 신이 사랑한 존재. 신이 사랑할 이유가 있는 것이다. 알겠나? 이 무지몽매한 똥 덩어리야!'

푸화아악!

기어코 제논의 창이 광란왕의 심장과 목, 얼굴, 그리고 머리를 완벽하게 갈라 버렸다.

'끼아아아아아악!'

기괴한 비명 소리가 울러 퍼졌다. 거대했던 광란왕의 사념체는 점점 쪼그라들기 시작했고, 무엇이 그리 아프고 구슬픈지 귀를 후벼 파는 날카로운 소리를 질러댔다.

'너를 저주하마. 지옥에서라도 너를 저주하여 영원한 절망의 늪에 빠지게 하리라!'

마지막까지 광란왕의 사념체는 제논에게 저주를 퍼부었다. 제논은 창을 축 내려뜨린 채 자신을 저주하는 광란왕의 사념체가 사라지는 것을 바라보고 있었다.

'저주? 저주는 이미 받았다.'

그러했다. 제논은 이미 받을 수 있는 저주는 다 받았다. 가문이 멸문당했으며, 이 세상에 혈족 하나 존재하지 않았고, 자신은 이미 인간이 아닌 몸이 되었다.

이보다 더한 저주가 대체 어디 있을 것인가? 그러하기에 제논은 그 어떤 저주도 이보다 더할 수는 없을 것이라 생각했다.

제논이 존재하는 깊고 깊은 심연이 점점 밝아오고 있었다. 그리고 그의 어깨 위로 두툼한 손이 올려졌다. 뒤를 돌아보니 전신에 백색의 광휘를 내뿜고 이미 이전의 당당한 모습을 드러내고 있는 전신 베르누크 아이젠이 서 있었다.

그는 본래의 모습을 회복한 것이었다. 그는 제논을 보면서 웃고 있었다.

'너는 괴물이 아니다. 괴물이란 마음속에 있는 것. 너는 온전히 인간을 사랑하고 그 인간들을 위해 너를 희생하고 있지 않더냐. 지극히 개인적이고 사적인 복수라 할지라도 그 복수의 끝이 바로 인간을 위함이니 너는 이미 인간인 것이다.'

'…….'

어떠한 말도 할 수 없었다. 전신 베르누크는 이미 자신이 깊숙하게 감춘 모든 것을 알고 있음에 말이다.

'그리고 나는 이제 돌아갈 것이다. 너는 이미 너로서 완벽한 것이다.'

그렇게 말을 하면서 허허롭게 걸음을 옮겨 가고 있는 전신 베르누크였다. 그는 아무것도 없는 공간을 마치 계단을 밟듯이 올라가고 있었다. 제논은 그러한 그를 바라볼 뿐이었다.

그러다 문득 전신 베르누크가 걸음을 멈추더니 손을 들어 제논을 가리켰다. 제논은 그러한 행동을 그저 바라보았다. 제논을 보는 전신 베르누크의 얼굴에 약간은 짓궂은 웃음이 떠올랐다.

제논을 가리키던 손가락이 천천히 굽어졌다. 네 손가락이 말아 쥐어지고 엄지손가락만이 오롯하게 남았다. 최고라는 뜻일 게다. 그제야 제논의 땀범벅이 된 얼굴에 희미한 웃음이 떠올랐다.

제논 역시 전신 베르누크를 향해 엄지를 치켜 올렸다. 그러한 제논의 모습에 전신 베르누크는 커다랗게 웃었다. 목젖이 보이도록 말이다.

'크하하하핫! 널 믿는다!'

심연 깊은 공간에 웃음소리가 맴돌고 그는 자취 하나 남기지 않고 사라졌다. 하지만 모든 것이 사라진 것은 아니었다. 백색의 빛이 쏘아져 들어와 제논의 정수리를 파고들었다.

그 순간.

제논은 눈을 떴다. 그리고 그의 귓등으로 들려오는 요란한 굉음.

콰가가가강!

"비켜라! 저급한 인간 놈들~!"

"이런, 썅! 내가 인간으로 보이냐?"

"나는 라이칸 슬로프다만."

"염병. 나만 인간이구만."

무슨 소리인가? 하나, 분명한 것은 그 목소리의 주인공은 차례로 더글라스 후작과 안토노프 그리고 스웬슨의 목소리였다. 제논은 아직 저릿한 몸을 일으켜 세우기 시작했다.

그리고 그의 눈앞에 펼쳐진 난장판.

세 명이서 한 명을 둘러싸고 맹렬하게 공격하고 있었다. 하나, 그 공격은 둘러싸인 자에게 어떤 충격도 주지 않는 것 같았다. 그렇다고 둘러싸인 자가 세 명을 압도하고 있는 것도 아니었다.

물론 세 명의 인물이 상당히 낭패한 얼굴을 보이고 있긴 했다. 하나, 그렇다 하더라도 그 괴물 같은 회복력으로 인해 곧바로 상처가 회복되니 둘러싸인 자 역시 이러지도 저러지도 못한 채 인상만 잔뜩 구기고 있을 뿐이었다.

"형님, 헤밀턴 공작이 진짜 진혈이기는 하우?"

더글라스 후작이 침을 탁 뱉어내며 안토노프에게 물었다.

"생긴 건 분명 헤밀턴 공작이네. 물론, 지금 이 무지막지한 무력은 절대 헤밀턴 공작일 수는 없고 말이지."

"제발 좀 죽어라!"

더글라스 후작과 안토노프가 숨을 고르며 대화를 하고 있는 동안 스웬슨이 거대한 배틀 엑스를 날려 헤밀턴 공작을 공격해 들어갔다. 하나, 헤밀턴 공작은 어떠한 물리적 공격에도 적중당하지 않았다.

배틀 엑스가 휘돌고 간 지점에서는 수없이 많은 박쥐가 날카로운 울음을 내며 사방으로 흩어지고 있었다.

"염병. 또, 또!"

"포위해!"

세 명이 사방을 휘돌며 헤밀턴 공작을 찾았다. 박쥐가 모이는 것은 수시로 변했다. 그렇다고 박쥐가 모여 다시 헤밀턴 공작이 되는 것도 아니었다. 감각을 극대화시켜 헤밀턴 공작의 신형을 찾는 것이 다였다.

"켈, 마지막이다."

그 순간 헤밀턴 공작이 나타난 곳은 바로 제논이 있던 곳이었다.

"위험!"

"지켜!"

"저런 씹어 먹을 놈!"

헤밀턴 공작을 향해 득달같이 날아드는 세 명. 그들은 그러다 문득 몸을 멈춰 세웠다. 그 모습을 본 헤밀턴 공작은 지금까지와는 다른 모습에 고개를 갸웃했다.

헤밀턴 공작을 보며 피곤한 웃음을 흘리는 세 명이었다.

"워매. 좀 쉬어야긋네."

"우리의 역할은 여기까지로구만."

"썩을."

스웬슨, 안토노프, 그리고 더글라스 후작이 차례대로 한마디씩 내뱉었다. 그들의 얼굴에는 안도의 빛이 떠올랐다. 그것을 본 헤밀턴 공작은 느릿하게 신형을 돌려 세웠다.

그리고 그는 보았다. 백발을 휘날리며 차분하게 자신을 응시하고 있는 자를 말이다.

"…깨어났군."

제논이었다. 제논은 어느새 자신의 애병인 장창을 꺼내 들고 장창의 끝을 대지에 댄 채 비스듬한 자세를 취하고 있었다. 아무것도 느껴지지 않은 기세였다. 하나, 헤밀턴 공작은 느낄 수 있었다.

'지랄 맞군.'

순간 헤밀턴 공작, 아니, 광란왕 벨레스는 쓴웃음과 함께 목구멍을 타고 넘어오는 비릿한 혈향을 삼켜야만 했다. 왠지 모를 불안감에 앞뒤 가리지 않고 근원을 찾아왔다.

그런데 자신의 사념체가 자랄 숙주가 자신에게 복종하지 않았다. 절대적으로 안정적인 자세. 어떠한 심경의 변화조차 없는 것. 그것은 바로 무기를 든 자로서 적 앞에서 취할 수 있는 최고의 자세였다.

그렇다는 것은 지금 절대의 평정심을 가진 제논은 명백하게 자신을 적으로 간주한다는 것을 의미했다.

"헤밀턴 공작. 아니, 광란왕 벨레스. 오랜만이로군."

담담한 제논의 목소리가 흘러나왔다. 자신의 생각이 맞아떨어졌음에 인상을 찡그리는 광란왕 벨레스였다. 지독히도 허탈한 감정이 스며들었다. 그리고 오히려 그것이 더 그를 분노케 하였다.

"짜증나는군."

"고작 그 말뿐인가?"

"무슨 말이 더 필요할까?"

"하긴. 그래서 마왕이겠지."

"크흐흣. 제대로 보았군."

기괴하게 웃는 광란왕 벨레스였다. 아주 만족한다는 듯이 말이다. 하지만 그의 눈은 웃고 있지 않았다. 다만 지독한 살의로 희번덕거리고 있을 뿐이었다.

"한데… 소멸당한 것인가?"

"그동안 재미있었나?"

"뭐, 쏠쏠했지."

제논의 물음에 어깨를 으쓱해 보이며 말을 하는 광란왕 벨레스였다.

"아쉽겠군."

"괜찮아, 괜찮아. 인간은 많으니. 그리고 이미 메인 요리가 거의 완성된 상황이거든. 물론, 네놈이 너무 일찍 나의 계략에서 벗어난 것이 조금 아쉽기는 하지만 말이지."

솔직히 인정하는 광란왕 벨레스였다. 마왕은 괜히 마왕이 아닌 것이었다.

"말만 할 것인가?"

"물론, 아니지!"

그는 대답을 하자마자 제논을 향해 거침없이 쇄도했다. 눈에 보이지도 않을 그런 지독한 빠름이었다.

쩌정!

무언가가 제논의 창과 부딪혔다. 그것은 굉량한 소리와 함께 번뜩이는 불똥을 만들어내었다. 그리고 어느새 광란왕은 저만큼 물러나 자신의 손톱을 혀로 핥고 있었다.

"좋아! 좋아! 아주~ 좋아!"

"맛있나? 손톱은 왜 핥고 지랄이신가?"

평소와 같지 않은 제논의 말투에 손톱을 핥던 광란왕의 얼굴에 떠올라 있던 미소가 지워졌다. 그는 지독히도 자존심이 강했다. 그래서 자신을 비하하는 어떠한 말도 참지 못하고 미친 듯이 상대를 공격했다.

바로 지금처럼.

"용서치 않는다! 광란의 무서움을 보일지니!"

팽그르르 돌며 미친 듯이 공격해 들어가는 광란왕이었다. 그의 손에는 수많은 무기가 쥐어져 있었다. 창이 있었고, 검이 있었고, 할버드, 세이버, 글라디우스, 장궁, 석궁, 방패, 펄션 등 이루 헤아릴 수 없을 만큼 엄청난 무기가 들려 있었다.

하나가 나타났다 사라지고, 두 개가 나타났다. 두 개가 사라지고 네 개가 나타났다. 다시 네 개가 사라지고 여덟 개가 나타났다. 공격은 끊임이 없었다. 정신없이 몰아치고 있었다.

"저… 저……."

"젠장. 우린 그냥 놀았구만."

"끄응. 힘의 2할 정도밖에 사용하지 못한다고는 하지만 마왕은 마왕!"

더글라스 후작과 스웬슨, 그리고 안토노프는 알 수 있었다. 자신들과의 전투는 그저 유희에 불과했다는 것을 말이다. 아니, 오히려 자신들의 사정을 봐줘가며 전투를 치렀음을 알 수 있었다.

"거참. 성격 이상한 놈일세. 죽이려면 정신 차리기 전에 죽일 것이지."

"그는 마왕이니까. 미칠 정도로 강한 마왕이니까. 그냥 죽이면 재미없으니까."

더글라스 후작의 말에 독백처럼 답을 하는 안토노프였다. 그제야 세 명은 깨달을 수 있었다. 아무리 인간적이라 할지라도 마왕은 마왕이라는 것을 말이다. 그리고 인간계에서 소멸된다 하더라도 결코 마계에서 소멸되는 것은 아니라는 것을 말이다. 단지 다시 소환되기에 많은 시간이 필요할 뿐.

그리고 그 시간조차 마왕들에게는 찰나의 시간과 다르지 않다는 것을 깨달을 수 있었다. 그들에게는 그저 이 모든 것이 유희일 뿐이었다.

"케헬! 겨우 이 정도인가? 그러면 너무 실망인데?"

광란왕 벨레스가 제논과 무기를 부딪힌 후 멀찍이 떨어져 내리며 파충류의 혀로 입술을 핥으며 한 말이었다.

"그런가? 미안하군. 준비 운동은 끝났으니 어디 한번 붙어 보자고."

"켈켈! 그런가? 좋지. 실력을 보여봐라!"

"네놈 따위에게 보여줄 실력이란 별로 없지. 다만, 조금 놀 뿐이지."

"케헬! 버러지 같은 인간 놈이 말은 잘하는……."

콰하아앙!

광란왕은 말을 끝맺지 못했다. 그의 목을 향해 쇄도해 오는 막강한 힘에 자신도 모르게 가진 바 무기를 드러내 막아내고 있었기 때문이었다. 그런데 그 힘이 어찌나 강한지 육중한 광란왕의 몸체가 주륵 뒤로 밀려났다.

광란왕은 놀란 토끼 눈으로 제논을 바라보았다. 도대체 누가 있어 광란왕인 자신을 이리 힘으로 압도할 수 있단 말인가? 광란왕은 그 힘을 이기지 못해 뒤로 물러나며 바닥에 깊은 골까지 만들고야 말았다.

광란왕의 얼굴이 붉게 달아올랐다. 그렇지 않아도 흉측한 그의 얼굴이 더욱 흉측하게 변하며 꿈에 볼까 무서운 얼굴로 바뀌어가고 있었다.

"이이~"

그가 화를 폭발하려는 순간 제논의 신형이 사라졌다. 그리고 그 짧은 순간 어느새 제논의 신형은 광란왕의 머리 위에 나타나 장창으로 그의 머리를 쪼개들어 가고 있었다.

"헉!"

놀란 광란왕은 다급하게 뒤로 물러나 서너 개의 검을 생성시키며 제논의 창을 막음과 동시에 공격을 감행했다.

콰차자자장.

요란한 소리를 내며 광란왕이 소환한 무기가 부서져 나갔다.

"고작 이건가?"

제논이 창을 휘두르며 외쳤다.

"이익!"

또다시 수없이 많은 무기가 소환되어 공방을 함께했다. 하나, 통하지 않았다. 방금 전과는 완벽하게 다른 제논의 몸놀림이었다. 분명 제논이 가진 창은 하나이거늘 광란왕의 무수히 많은 무기를 모두 막아내거나 튕겨내고 있었다.

그리고 그 와중에 날카로운 수많은 창날에 광란왕은 전신이 강타당하고 있었다.

콰가가각! 쩌정! 푸화아악!

순식간이었다. 광란왕의 신체가 너덜너덜해진 것은. 도저히 믿을 수 없는 일이었다. 한마디로 제논은 모든 면에서 광란왕을 압도하고 있었다.

힘과 스피드. 그리고 가진 바 무력에 있어서도 말이다.

"마왕이면 마왕답게 마계에 찌그러져 있지, 웬 인간계 나들이인가? 신이 없으니 인간이 우습더냐? 중간계의 조율자인

드래곤이 없으니 인간이 만만하더냐? 인간은 신이 가장 사랑하는 존재. 신이 진정 사라졌다 생각하나? 웃기는 소리. 신이 사라지면 인간도 사라지는 것을. 그것을 어찌 모르느냐. 이 무지몽매한 마왕 놈아!"

거침없었다. 제논은 폭풍이 되어 거칠게 밀어붙였다. 광란왕이 무기를 소환하면 소환하는 족족 모두 부숴 버렸고, 창대가 되었든 창두가 되었든 그 무엇이 되었든 동네북을 두드리듯이 광란왕을 두드리고 있었다.

마왕쯤 되면 인간계에 존재하는 그 어떤 무기로도 흠집조차 낼 수 없는 그런 마계의 피부를 소환할 수 있었다. 하나, 그것조차 허사였다. 마계의 갑옷이 부서져 내리고 있었다.

쾅! 콰가강!

후득! 후드득! 쩌적! 쩌억!

"케에엑!"

초식이나 뭐 그런 것도 없었다. 그냥 그대로 두드려 팼다. 그것을 지켜보고 있던 스웬슨이 마른침을 꿀꺽 삼키며 한마디 했다.

"어째… 감정이 겁나 가미된 것 같지 않소?"

"저거 맞으면 난 그냥 골로 가겠구먼."

"……."

스웬슨과 더글라스 후작이 한마디씩 했지만 안토노프는

아무런 말도 하지 않고 그저 침을 꼴딱꼴딱 삼키며 점점 피로 물들어가는 광란왕 벨레스를 바라볼 뿐이었다.

그가 이런 이유는 바로 힘 한 번 제대로 쓰지 못하고 동네 건달처럼 두들겨 맞는 광란왕 벨레스 때문이었다.

아무리 본래 가진 힘의 2할 정도의 힘밖에 내지 못한다 하지만 그는 마왕이었다. 자신들이 경험해 본 바로 진혈 20~30명은 숨도 헐떡이지 않고 제거해 버릴 그런 강력한 무력을 가진 마왕이었다. 그러한 그를 패고 있었다.

더군다나 마계의 갑옷을 소환했음에도 불구하고 벨레스의 전신은 검녹색의 피로 물들어가고 있었다. 그것은 마계의 갑옷마저도 제논의 저 강력한 공격을 막아내지 못하고 있다는 것을 의미했다.

하지만 이것은 약간의 오해 때문에 빚어진 일이라 할 수 있었다. 제논은 이미 정령과 하나가 되었다. 과거에도 대단했지만 이제는 이미 정령을 부려 빙의, 혹은 소환할 필요가 없었다.

그가 정령이었고, 정령이 그였으니 말이다. 마왕에게 가장 상극인 불과 물의 정령이 이미 그의 전신과 창에 깃들어 있었음이니 아무리 대단한 마왕이라 할지라도 견디기 어려울 수밖에 없었다.

그리고 이렇게 쉽게 당한 이유에는 벨레스가 아직 제논을 얕보고 있었다는 점도 한몫했다. 제논이 사념체를 벗어난 것에 대해 그리 크게 생각하지 않은 것이 문제였다.

인간으로서 사념체를 벗어난다는 것은 사념체를 압도할 만큼의 정신력이 있다는 것을 뜻했다. 드래곤의 정신 조작이 불가능한 이유가, 그들의 정신력이 바로 그 방대한 삶 속에서 얻어진 것이기 때문이다.

아무리 사념체라 하나 마왕의 사념체였다. 마스터라 할지라도 마왕의 사념체를 감당하고 그에 더해 벗어나기란 실로 요원한 것이었다.

한데 제논은 벗어났다. 그와 함께 정령과 완벽한 하나가 되었다. 그 방대한 정신력으로 인해 자유자재로 정령을 부릴 수 있게 된 것이다. 그저 마음먹은 그 자체로 정령이 제논에 의해 수발되는 것이다.

그렇지 않아도 강력했던 제논의 무력에다 방심으로 인해 이렇게 개 맞듯 맞고 있는 광란왕이었다. 제논의 무식한 휘두름은 장장 네 시간 동안, 동이 터올 때까지 지속되었다.

"크흐윽. 제, 제발!"

기어코 광란왕의 입에서 비는 소리가 흘러나왔다. 그 자존심 높은 광란왕의 입에서 비는 소리가 흘러나온 것이었다. 하지만 제논은 멈추지 않았다. 패고 또 팼다.

마치 맞아 죽으라는 듯이 말이다. 광란왕은 정신이 노곤해졌다. 육체는 이미 자신이 통제할 수 있는 수준을 넘어서고 있었다. 육체에 대한 통제력이 상실되고, 그와 함께 헤밀턴 공작의 정신을 제어하고 있던 광란왕의 영이 분리되기 시작한 것이었다.

지독할 정도로 끈질기게 헤밀턴 공작의 정신에 붙어 있던 광란왕의 혼령이 분리되어 희미한 존재로 현신하자 때를 같이하여 제논의 왼손에서 은빛 쇠사슬이 현신한 광란왕의 혼령을 휘감아 돌았다.

촤르르륵!

"끄아아아악!"

광란왕의 혼령이 은빛 쇠사슬에서 벗어나기 위해 발악을 했다. 하나 발악을 하면 할수록 은빛 쇠사슬은 광란왕의 혼령을 속박했고, 마침내 태양보다 밝은 빛을 폭사했다.

"끄아아악! 저주하리라! 네놈을 저주하리라!"

제논을 향해 저주란 저주는 몽땅 쏟아붓고 희뿌옇게 사라져 가는 광란왕이었다. 그런 광란왕을 무감정하게 바라보던 제논이 한마디 했다.

"멍청한. 저주는 아까 받았다니까."

그가 그 한마디를 내뱉는 동안 온통 검붉은 피를 뒤집어쓴 헤밀턴 공작의 육체가 꿈틀거리기 시작했다.

"끄흐윽. 쿨럭!"

그리고는 한 움큼의 검붉은 피를 토해내었다. 그와 함께 몸
을 뒤집어 반듯하게 누웠다.

"후우우우~"

아주 깊은 한숨이 흘러나왔다. 그의 전신을 감싸고 있던 검
붉은 피가 한숨과 함께 그의 몸 전체로 스며들기 시작했다.
스스로의 피로 스스로를 치유하고 있는 것이었다.

피의 권능.

바로 뱀파이어들만이 가지는 권능이라 할 것이었다. 제논
은 스스로 자가 치료를 하고 있는 헤밀턴 공작을 무심하게 바
라보았다. 말끔해진 헤밀턴 공작은 언제 다쳤었나 싶은 모습
이었다.

번쩍!

헤밀턴 공작의 눈이 뜨여졌다. 그리고 제논의 눈동자와 정
면으로 부딪혔다.

"예밀리아넨코 패트리아스……."

"그의 아들 제논 패트리아스요."

"…그런가?"

헤밀턴 공작은 그저 넋을 놓고 앉아 있었다. 그렇게 약간의
시간이 흘렀다. 제논은 그러한 헤밀턴 공작에게 어떠한 말도
하지 않았고, 어떠한 행동도 취하지 않았다.

"끄응!"

그러기를 한참. 마침내 헤밀턴 공작이 자신의 옆에 있던 검을 집어 들더니 앓는 소리를 내며 자리에서 일어섰다. 앉아 있을 때는 몰랐으나 일어선 후 보니 여전히 당당한 체구를 가지고 있었다.

"오랜 잠에서 깨어난 것 같군."

　헤밀턴 공작의 말에 제논은 어떻게 돌아가는 상황인지 대충 알 수 있었다. 어떻게 보면 그조차 피해자일 수 있었다.

"세월이 많이 흐른 모양이군. 예밀리아넨코의 아들이 이미 당시의 예밀리아넨코만큼 자라고 늙었으니 말이야."

"꽤 오랜 시간이 흘렀습니다."

"그런 것 같군."

　그러면서 주변을 둘러보는 헤밀턴 공작이었다. 그는 정말 아무 생각이 없는 것 같았다. 주변을 둘러보는 그의 눈동자에 무척이나 생경하다는 느낌이 담겨 있었기 때문이다.

"이곳은… 왕궁인데……."

"맞습니다."

"무슨 일이 일어난 것인가?"

"어디까지 기억하고 계십니까?"

"어디까지? 어디까지라……."

　제논의 말에 불현듯 회상에 접어드는 헤밀턴 공작이었다. 어렴풋이 멀고 먼 과거가 기억 속에서 되살아나고 있었다. 야망을 불태우던 시절. 한 명의 방문을 받았고, 그로 인해 자신의 삶이 완전하게 바뀐 사실을 기억해 냈다. 자신이 인간이 아니라는 것도. 자신에 의해 패트리아스 백작 가문이 멸문당했다는 것 역시 알 수 있었다.

어느 날 그는 자선의 집무실 책상 앞에서 하나의 고문서를 두고 고심에 고심을 거듭하고 있었다.

도대체 알 수 없는 고문서. 이 고문서가 어떻게 자신의 책상 위에 올려졌는지도 모른다. 집무실에 들어와 보니 있었을 뿐이다.

분명 자신이 알아볼 수 있는 문자였으나 해석할 수 없었다. 마치 난독증에 걸린 것처럼 말이다. 그때 그의 집무실을 청소하기 위해 들어오는 한 명의 하인과 눈이 부딪혔다. 하인의 눈이 별빛처럼 빛난다고 생각했다.

그 순간부터 기억이 없었다.

"대략… 30년 전인 것 같군. 아니, 29년 전이려나?"

"어쨌든 가문을 멸문시킨 것은 공작의 자의에 의한 것이로군요."

제논의 말에 그를 흘깃 바라보더니 히죽 웃는 헤밀턴 공작이었다.

"그래서… 복수를 할 참인가?"

"그것을 위해 살아왔으니 당연히."

"그래? 그렇군. 하지만 쉽지는 않을 게야."

"어렵지도 않을 것 같군요?"

"푸홋! 재미있군. 역시 그 아버지에 그 아들이로구나. 난 항상 네 아버지를 질투했다. 내가 가지지 못한 것을 가졌거든. 바로 불굴의 의지와 꺾이지 않는 올곧음 말이다."

"재미있군요. 세상을 다 가진 공작이 그런 말을 하다니."

세상을 다 가졌다는 제논의 말에 씁쓸한 얼굴을 해 보이는 헤밀턴 공작이었다.

"한데, 다투기 전에 묻고 싶은 것이 있네."

"물으시지요."

"왕국은 어찌 되었나?"

"뱀파이어 천국이 되었습니다."

"설마……."

"그 설마가 맞을 것입니다. 뱀파이어가 된 국왕을 이 손으로 죽였지요. 공작의 정신을 잃게 한 마왕도 이 손으로 쫓아내고 말이지요."

"고맙다고 해야 하나?"

무척이나 담담한 말이었다. 헤밀턴 공작의 음성에는 결코 고마움이 담겨 있지 않았다. 그저 해보는 말이려니 할 정도의 느낌이었다.

"고맙기야 제가 고맙지요."

"무슨……?"

"제정신이 아닌 사람에게 복수를 한다 해서 그것이 복수이 겠습니까? 이렇게 멀쩡한 모습의 뱀파이어에게 복수를 해야 진짜 복수이지 않겠습니까?"

"크하하하핫. 그도 그렇군."

제논의 날카로운 말에도 불구하고 오히려 커다랗게 웃고 넘겨 버리는 헤밀턴 공작이었다. 자신에게 여전히 각하라는 말조차 하지 않고 있다는 것을 알면서도 말이다.

"어디. 30년간 벼려온 복수의 창을 받아볼까?"

헤밀턴 공작은 곧장 기수식을 취했다. 약간은 서두르는 것 같았으나, 제논은 개의치 않았다. 서두르든 서두르지 않은 그 결과는 같을 것이기 때문이었다.

"차하앗!"

헤밀턴 공작은 기다리지 않았다. 제논이 자세를 취하자마 자 곧장 공격해 들었다. 그의 검에는 예의 칠흑의 마나가 시 전되어 있었고, 그 길이도 무려 2미터 이상이나 되었다.

이미 인간일 때에도 왕국에 존재하는 두 번째 마스터였던 그가 뱀파이어가 되었으니 어찌 더욱 강해지지 않을 수 있단 말인가? 그에 반해 제논의 창에는 백색의 마나가 시전되어 있 었다.

오러 스피어와 오러 블레이드가 부딪혀 갔다.

서걱!

잘려 나갔다.

헤밀턴 공작의 검에 시전된 칠흑의 마나 블레이드가 제논이 시전한 오러 스피어에 의해 완벽하게 잘려 나가고 있었다. 그에 헤밀턴 공작은 놀란 눈이 되었다.

완벽하게 자신을 압도하지 않으면 결코 있을 수 없는 일이었다. 그러나 그의 놀람은 오래가지 않았다. 그리고 미친 것인지 제논의 창 끝을 향해 자신의 심장을 들이대고 있었다.

푸후욱!

제논의 날카로운 창이 헤밀턴 공작의 심정을 관통했다. 이번에는 제논이 놀란 토끼 눈이 되었다. 놀라지 않을 수 없었다. 스스로 창에 뛰어든 것이니 말이다.

"왜?"

"나와 마지막으로 눈빛을 부딪친 하인이 누구인지 아나?"

"……."

"나의 아들 프라이스 헤밀턴이었네."

제논의 눈이 커졌다. 헤밀턴 공작은 자신의 아들에 의해 꼭두각시가 되었던 것이다.

"그리고 그의 옆에 있던 이는 카인 셸라시에. 배덕의 군주였네. 지금 오브레임 후작의 군사로 있는 자이지."

실로 놀라운 사실이었다.

"왜 나에게 그런 말을 하시는지요."

"왜냐고? 책임을 지는 것이네. 나는 이 왕국을 사랑했네. 나약한 왕국이 싫었네. 단지 강한 왕국을 만들고 싶었을 뿐이지. 하지만 그 마음이 지나쳤네. 그래서 속죄를 하고 있는 것이지. 그리고 자네에게 내가 해야 할 일을 떠맡기는 것이네."

그의 심장을 중심으로 밝은 불꽃이 서서히 일어나기 시작했다. 그가 강대한 어둠의 마력을 가지고 있는 만큼 제논의 창에 깃들어 있는 빛의 권능이 더디게 진행되고 있는 것이었다.

물론, 제논이 그 권능의 발현을 늦춘 것도 한몫을 하고 있기는 하지만 그렇다 하더라도 헤밀턴 공작은 너무 쉽게 자신의 목숨을 버렸다. 제논의 눈을 깊숙하게 들여다본 헤밀턴 공작은 다시 말을 이었다.

"나이도 나이니 이제 좀 쉬어도 되지 않겠나? 부탁함세."

"…그러지요."

"고맙군. 그리고 마지막으로 퀸을 조심하게. 그녀는 오히려 카인 셀라시에보다 더 경계해야 할 존재야. 뭐, 물론 자네가 어련히 잘 알아서 할까만은 그래도 죽어가는 늙은이의 노파심에서 한 말이네. 쿨럭!"

한 움큼의 핏덩어리를 쏟아내는 헤밀턴 공작이었다. 제논은 그저 창을 잡은 채 그러한 헤밀턴 공작을 바라볼 뿐이었다. 헤밀턴 공작은 창대를 잡고 웃음을 떠올렸다.

"홀가분하군."

"욕심이 많으시군요."

"욕심? 욕심이런가? 그렇지. 그럴지도 모르겠군. 내가 짊어져야 할 짐을 자네에게 억지로 떠넘기고 나는 편안히 눈을 감으니 어쩌면 욕심이 많은 늙은이기는 하지. 그리고……."

헤밀턴 공작의 눈동자에서 급격하게 생기가 빠져나가고 있었다. 서서히 진행되던 빛의 권능이 갑자기 빨라지고 있었다. 빛의 권능을 막고 있던 어둠의 권능을 해제해 버린 탓이었다.

"미안하네……."

스르릇!

그 말을 끝으로 창대를 잡고 있던 헤밀턴 공작의 손아귀에서 힘이 풀렸다. 헤밀턴 공작의 손이 흘러내렸다. 흘러내리는 와중에 그의 손은 불꽃이 되어 희뿌옇게 밝아오는 새벽 공간으로 사라져 갔다.

제논은 창을 든 채 그대로 서 있었다. 희미하게 사라져 가는 헤밀턴 공작의 육체를 바라보면서 말이다. 그러한 그의 곁으로 세 명이 다가왔다.

바로 스웬슨과 더글라스 후작, 그리고 안토노프였다.

"허망하구려."

안토노프가 허탈하게 말했다. 그는 더글라스 후작과 스웬슨으로부터 형님 대우를 받으면서도 제논에게는 결코 말을 놓지 않았다. 사적인 자리이든 공적인 자리이든 말이다.

그러한 그가 가장 먼저 입을 열었다. 더글라스 후작과 스웬슨은 말없이 고개를 끄덕이며 안토노프의 말에 동조하였다.

제논은 허공에 휘돌고 있는 희뿌연 존재를 창을 흔들어 지워냈다.

마치 편히 쉬라는 듯이 말이다.

Chapter 04

코린 왕국의 왕궁.

그곳에 수많은 귀족과 기사가 몰려들었다. 헤밀턴 공작이
정국을 좌지우지하기 전까지 1년에 두 번 열리던 왕국 귀족
대회의에 버금가는 규모의 인원이었다.

물론, 헤밀턴 공작과 오브레임 후작 가문이 정국을 주도한
후로는 한 번도 이런 대규모의 회의가 소집되지 않았다. 그런
연유는 의미가 없기 때문이다.

그런데 지난 40년간 한 번도 열리지 않았던 왕국 귀족 대회
의가 소집되었다. 왕국에 있는 모든 귀족이 참석한 것은 아니

었다. 이번 회의에 참석한 이들은 헤밀턴 공작 가문이나 오브레임 후작 가문에 포섭되지 않은 절반의 귀족들이었다.

바로 귀족파가 아닌 중도파, 혹은 친분이 있는 이들끼리 파벌을 만들어 귀족파에 대항하고 있는 귀족들이었다. 헤밀턴 공작 가문의 마수에 빠져들지 않은, 혹은 그 효용이 지극히 떨어지는 귀족들이라 할 것이다.

한마디로 몇몇의 귀족을 제외하고는 도태된 귀족이었다. 헤밀턴 공작 가문에 선택받지 못한 그런 자들 말이다.

물론 개중에는 오로지 코린 왕국을 위해서만 살아온 귀족도 있었다. 하나 그러한 이들이 도대체 얼마나 될 것인가? 그러한 자들이 힘을 가지고 있었다면 과연 지금까지 명맥을 유지할 수 있었을까? 답은 '아니다' 였다. 국왕에 충성하고 헤밀턴 공작 가문의 행사에 반하는 귀족들은 지난 40년간 무수히 많이 솎아냈으니까 말이다.

만약 그러한 헤밀턴 공작 가문의 눈을 속이고 여전히 그 진실한 힘을 숨기고 있다면 그것은 실로 대단한 귀족이라 할 것이었다.

그러한 이유로 대회의실은 시끌벅적했다. 그들 대다수의 관심사는 바로 패트리아스 백작에 관한 것이었다. 그들은 이미 알고 있었다. 패트리아스 백작이 반역을 주도했다는 것을 말이다. 그리고 국왕과 국왕의 모든 일족, 그를 따르는 모든 행정 관리와 기사들을 완벽하게 제거했다는 소식을 말이다.

때문에 소환 명령을 받은 귀족들은 불안했다. 마치 숲의 제왕인 오우거 앞의 고블린 같았다. 해서 회의장은 시끄러울 수밖에 없었다. 앞으로 자신들의 운명이 어떻게 될지에 대해서 끊임없이 생각하고 또 생각해야만 했기 때문이었다.

"허어~ 어찌 이런 일이⋯⋯."

"그러게나 말입니다."

허연 머리를 가진 두 귀족이 딱딱하게 굳은 얼굴로 뒷말을 흐리고 그 흐린 뒷말의 내용을 마치 알고나 있다는 듯 맞장구쳤다.

"한데 말이오. 그가 대체 왜 우리를 소환한 것 같소이까?"

"그야 뭐⋯⋯."

한 늙은 귀족의 물음에, 동조하던 귀족이 주변을 둘러보더니 슬쩍 가장 상석에 자리하고 있는 왕좌를 바라보았다. 그런 귀족의 모습에 왜라는 물음을 던졌던 귀족도 자그맣게 고개를 끄덕였다.

목적은 한 가지일 것이다. 국왕을 죽였으니 자신이 국왕의 자리에 앉기 위한 것이 아닌가 말이다.

"어쩌실 생각이오."

"크흐음."

"⋯⋯."

늙은 귀족의 물음에 헛기침을 하거나 답을 회피하는 귀족들이 대부분이었다.

"그가 국왕에 올라야 하지 않겠습니까?"

그때 누군가 조심스럽게 입을 열었다.

"그렇기는 하나……."

"어찌 그럴 수 있단 말이오. 5백 년을 이어온 왕국이요, 왕좌요. 헌데, 어찌 일개 백작이 그 왕좌에 앉는다는 말이오. 있을 수 없는 일이오. 그는 반역자란 말이오."

강경한 목소리가 흘러나왔다. 모두의 시선이 그자에게로 향했다. 희끗한 머리, 얼굴에 점점이 피어 있는 검버섯. 하나, 형형한 눈동자와 꼿꼿하게 펴진 허리는 결코 무시할 수 없는 위엄을 풍기고 있었다.

"아! 들라크루아 후작 각하."

페르디난드 들라크루아 후작.

무려 4대에 걸쳐 코린 왕국의 재상을 역임한, 대단한 위세를 지닌 가문이라 할 것이다. 당대의 들라크루아 후작 가문의 가주인 그 역시 코린 왕국의 재상을 역임했다.

하나, 헤밀턴 공작 가문이 득세한 이후 도저히 그 꼴을 보기 싫다 하여 스스로 재상의 자리를 내어놓고 가문으로 돌아간 인물이었다. 헤밀턴 공작은 수많은 귀족 가문을 멸문시켰지만 자신의 행사에 여전히 반대를 하는 들라크루아 후작만큼은 어찌하지 못했다.

그것은 그만큼 들라크루아 후작 가문이 코린 왕국에서 차지하는 비중이 컸기 때문이기도 했고, 정통 명문으로서 어떻게 보면 코린 왕국의 정신이라 할 수 있는 가문이었기 때문이다.

"그렇다고는 하나, 성공한 반역은 이미 반역이 아니라 할 수 있습니다. 그는 승자입니다."

그런 들라크루아 후작에 당당하게 맞서는 말이 흘러나왔다. 그에 들라크루아 후작의 시선이 자신의 말에 반론을 제기하는 이에게로 향했다.

"그것이 대체 무슨 말인가? 알퐁스의 뒤마 자작."

알퐁스에 근거를 두고 있는 알렉산드르 뒤마 자작이었다. 그의 가문은 원래 백작 가문이었으나 헤밀턴 공작 가문의 눈 밖에 난 탓에 자작으로 강등당한 가문이었다.

"역사는 승자의 것임을 알지 않습니까?"

"승자라 해도 그 방법이 정당해야 할 것이네. 그는 무력으로 이 모든 것을 취했으니 방법이 정당하지 못하며, 단 한 명의 왕족조차 남기지 않았음은 그가 얼마나 잔악한 자인지 보여주는 것이 아닌가? 그러한 자를 어찌 믿고 왕국을 맡긴다는 말인가?"

들라크루아 후작은 노호성을 터뜨렸다. 그의 말에 따르면 제논 패트리아스 백작은 분명 잔악무도하고 피도 눈물도 없는 자가 분명하였다. 왕가의 직계, 혹은 방계의 모든 혈족을 제거했으니 말이다.

"그가 잔악무도한 것을 보셨습니까?"

"무어라? 대체 무슨 말을 하는 것인가? 보지 않아도 뻔한 것이거늘."

들라크루아 후작의 말에 뒤마 자작이 서서히 입을 열었다.

"왕궁으로 들어와 회의실로 오는 동안 시체를 보신 적 있으십니까?"

"그……."

뒤마 자작의 물음에 들라크루아 후작은 말을 할 수 없었다. 시체는 없었다. 물론 어느 정도 경과한 뒤였기에 시체를 치울 충분한 시간이 있었을 것이다. 하나, 시체는 그렇다 하더라도 피 냄새는 쉬이 가시지 않는 법이다.

왕국의 귀족들을 소환했다 하더라도 보름 이내라 할 수 있었다. 여기 있는 대부분의 귀족들은 영지에 있는 것이 아닌 왕국의 수도에 있는 이들이었으니까.

피 냄새도 없었고, 시체를 본 적도 없었다. 그리고 시체를 치웠던 흔적조차 없었다. 모든 것이 너무 깨끗했다. 마치 아무런 일도 일어나지 않았다는 듯이 말이다.

"저는 본 적 없습니다. 하다못해 시체를 처리하기 위한 마차조차 본 적 없습니다. 여기 계신 분들 중 본 적 있으신 분 계십니까?"

"……."

아무도 없었다. 왕궁 근처에 머물고 있던 귀족들조차 본 적 없었다.

"대체 무슨 말을 하려고 하는 것인가?"

문득 들라크루아 후작이 물었다. 그에 뒤마 자작의 시선이 그를 향했다.

"혹시 이런 소문을 들은 적 있으십니까?"

"무슨 소문 말인가?"

"국왕과 그의 일족, 그리고 그를 따르는 모든 행정 관료와 기사가 뱀파이어와 라이칸 슬로프였다는 소문 말입니다."

"무슨 말도 안 되는……."

일고의 가치도 없다는 듯한 표정을 지어 보이는 들라크루 아 후작이었다. 그것은 다른 귀족들 역시 마찬가지였다. 정말 말도 안 되는 소리였다. 뱀파이어? 라이칸 슬로프? 그런 것은 아이들이 읽는 동화책에서나 존재하는 것들이 아닌가?

뒤마 자작의 말에 몇몇 귀족은 실소를 흘리고 말았다.

"그럼 이런 소문은 들어본 적 있습니까?"

"또 무슨 말도 안 되는 소문인가?"

"패트리아스 백작이 그랜드 마스터이자 정령사이며 그가

단신으로 수만의 병력을 격파했다는 소문 말입니다."

"흥! 무슨 말도 안 되는……."

들라크루아 후작은 코웃음을 쳤다. 말도 안 된다. 그랜드 마스터? 정령사? 이게 어디 소설책에 나오는 단어란 말인가? 한마디로 일고의 가치도 없었다.

"한데 말입니다."

"말도 안 되는 소리는 집어치우게."

"아직 다 안 끝났습니다. 이제부터 시작입니다."

"뭐?"

당돌하게 자신의 면전에서 의견을 피력하는 뒤마 자작을 어처구니없이 바라보는 들라크루아 후작이었다. 과거에 어쨌든 간에 현재 그는 일개 자작일 뿐이었다.

백작도 아닌 자작이 어찌 일국의 재상이었으며, 대영주인 후작의 면전에서 고개를 빳빳하게 세우고 의견을 피력한다는 말인가? 불쾌함이 불쑥 솟아오르는 들라크루아 후작이었다.

"패트라이스 백작이 영지에 부임한 첫 귀족들의 반란에서 벌어진 소문입니다. 당시 패트리아스 백작에 반하는 귀족들의 수효는 5만이 넘었습니다. 패트리아스 백작은 겨우 2만 정도였고 말입니다."

"그래서? 그것이 어쨌다는 것인가?"

"2만으로 5만을 상대하실 수 있습니까?"

"······."

뒤마 자작은 직접적으로 물어갔다. 그에 들라크루아 후작은 말을 하지 못했다. 아니, 속마음으로는 당연히 상대할 수 있다 혹은 박살 낼 수 있다고 말하고 싶었다.

하나, 아무리 그가 군사 부문에 문외한이라 하더라도 부임한 지 불과 몇 일 만에 급조된 2만의 병력으로 귀족들의 훈련된 5만의 병력을 상대하기란 불가능하다는 것을 알고 있었다.

"중요한 것은 5만을 상대한 패트리아스 백작의 병력은 고작 4천 내외였다는 것입니다. 열 배가 넘는 병력을 상대로 압승을 거뒀습니다. 그 와중에 가장 큰 활약을 한 것은 패트리아스 백작과 그를 따르는 프라네리온 백작이라 할 수 있을 것입니다."

"하나, 그것은 소문일 뿐."

들라크루아 후작은 외쳤다. 소문이라고 말이다. 그에 뒤마 자작은 비릿한 웃음을 떠올렸다. 그에 들라크루아 후작은 아차 싶었다. 모두가 소문이라고 생각했으며, 부풀리기 좋아하는 이들의 과장된 말이라고 말이다.

"정말 소문이라고 생각하십니까?"

"······."

답을 할 수 없었다. 소문은 소문이 아니라는 것을 아는 탓이었다. 약간 부풀려지기는 했지만 그 전투에서 패트리아스 백작이 보여준 실력은 진실된 것임을 말이다.

"그리고 또 하나!"

"또 있나?"

"현재 패트리아스 백작은 영지전을 치르고 있습니다. 상대는 동부 귀족파의 7만이 넘어가는 병력이라 할 수 있습니다. 동부 귀족파는 그 외에 5만에 이르는 추가 병력을 대기토록 했고 말입니다."

"알고… 있네."

조금은 풀이 죽은 들라크루아 후작이었다. 그런 그의 모습을 보며 조금은 득의한 웃음을 떠올리고 있는 뒤마 자작이었다.

"현재 영지전은 패트리아스 백작의 압도적인 승리라 볼 수 있습니다. 켄트주 방면과 휘슬러 방면, 그리고 요툰하임 방면으로 진격하던 동부 귀족파의 병력은 완벽하게 산산조각이 났으니 말입니다."

"그렇… 다고 하더군."

침음성을 삼키는 들라크루아 후작이었다.

"여기서 주시해야 할 것은 그의 무력이 아니라 그가 5천의 병력으로 참여했던 켄트주 방면의 전투입니다. 그 전투에서 언데드가 출현했으니 말입니다."

"언데드?"

"무슨… 언데드라니."

"있을 수 없는 일이오."

여기저기서 믿을 수 없다는 말이 터져 나왔다. 하나, 뒤마 자작은 침착했다.

"비록 지금은 본작의 작위가 자작이나, 본시 백작의 작위였소. 또한, 작위가 강등되었다 하더라도 기사와 마법사는 본래 그대로요."

"하면… 확인을 하셨다는 말이오?"

"그렇습니다. 언데드가 분명합니다."

"허어~"

허탈한 음성이 여기저기서 들려왔다. 그런 주변의 반응에 개의치 않고 뒤마 자작은 들라크루아 후작을 직시했다.

"하나, 그렇다 하더라도 국왕과 국왕의 혈족이 모두 뱀파이어였다는 것은 증명할 길이 없네."

"있습니다."

"있다?"

"그렇습니다."

"증명해 보이게."

굳은 얼굴로 뒤마 자작에게 말을 하는 들라크루아 후작이었다. 도대체 어떻게 그것을 증명한단 말인가? 증인이 있으면 몰라도 말이다. 그때 뒤마 자작은 자신의 뒤에 처음부터 그림자처럼 서 있던 귀족을 향해 입을 떼었다.

"설명해 주게."

"알겠습니다."

그제야 들라크루아 후작은 그자의 얼굴을 유심히 지켜보았다. 190센티미터의 듬직한 체구에 사내다운 얼굴을 한 믿음직한 자였다.

"소장은 왕궁 남문 경비를 담당하고 있는 남문 경비대장 다니엘 헐버트 남작이라고 합니다."

"알겠네. 그런데 귀작이 나선 이유가 무엇인가?"

"그는 왕궁 사대문을 경비하는 경비대장 중 유일하게 살아남은 인간이기 때문입니다."

"그……."

놀란 눈으로 그를 바라보는 귀족들과 들라크루아 후작이었다. 하나씩 하나씩 양파의 껍질이 벗겨지듯 벗겨지고 있는 진실을 감추고 있는 얇은 막이었다.

"소장은 그날 밤의 모든 것을 직접 보았습니다."

"직접… 보았다는 말인가?"

"그렇습니다. 때문에 왜 왕궁에 시체가 없는지, 그리고 어찌해서 피 냄새가 나지 않는지, 어떻게 해서 왕족이 전멸당했는지 소상히 알고 있습니다."

"듣… 겠네."

유일한 생존자. 그것도 유일한 인간. 여기 있는 모두가 인간이거늘 그가 살아남은 유일한 인간이라니 도대체 상상조차 할 수 없는 그런 말이었다.

"소장 역시 제의를 받았습니다. 힘을 가지고 싶지 않느냐고 말입니다. 원한다면 힘을 가질 수 있고, 영생을 누릴 수 있으며, 영속되는 가문을 가질 수 있다 했습니다."

"국왕 전하께서 직접 그러했나?"

"물론, 아닙니다. 소장이 아무리 남문 경비대장이라고는 하나 왕국의 오롯한 지존이신 국왕 전하께서 하잘 것 없는 소장을 찾을 리 없잖습니까?"

"하면……"

"전 수도 경비 사령관이였던 마이클 콜리오네 백작으로부터였습니다."

"그는……"

"은제 검에 심장이 부서져 불꽃이 되어 허공으로 사라졌습니다."

은제 검.

뱀파이어를 죽이기 위한 유일한 방법. 그것도 심장을 쪼개야만 가능한 은제 검. 그것으로 심장을 쪼갰다면 분명 불꽃처럼 허공으로 사라졌을 것이다. 그 또한 뱀파이어였다는 것을 의미했다.

"보았는가?"

"보았습니다."

"그런데 자네는 왜 멀쩡한가?"

의심하고 있는 것이었다. 그에 헐버트 남작은 자신의 상의를 벗었다. 그리고 드러난 그의 상체. 날카로운 다섯 개의 선이 우측 상단에서부터 좌측 하단까지 길게 이어졌다.

완치된 상태였음에도 불구하고 깊은 도드라짐을 드러내, 보는 이로 하여금 당시의 상처가 얼마나 심했는지 느끼게 하고 있었다.

"그 상처는……"

"뱀파이어의 손톱에 당한 상처입니다. 뱀파이어의 손톱에는 독이 있어 피가 멈추지 않았습니다. 전신의 피가 쏟아져 정신을 잃어갈 때즈음 한 사람에 의해, 아니, 한 라이칸 슬로프에 의해 살아났습니다."

"라이칸… 슬로프라 하였는가?"

"그렇습니다. 패트리아스 백작을 따르는 라이칸 슬로프였습니다."

"허어~"

뱀파이어에게 죽을 만큼의 부상을 입었고, 라이칸 슬로프에 의해 다시 삶을 되찾은 것이었다. 말도 안 된다고 외치고 싶었으나 그럴 수 없었다. 당사자가 눈앞에 있었으니.

"그리고 소장은 보았습니다. 붉은 눈동자와 1미터 이상 길어진 손톱, 실핏줄이 드러나도록 창백한 얼굴과 날카롭게 뻗어 나온 두 개의 송곳니로 제 휘하에 있는 병사들의 목덜미를 물어뜯어 피를 마시는 그들을 말입니다."

"그……"

"그는 패트리아스 백작 일행에게 부상당했던 국방대신 세라지오 버넹키 백작이었습니다."

"설마……."

"내무대신 미치 매코넬 후작, 궁정대신 조지 루프 백작, 시종장 켄 윌라드 경, 왕실 근위 총 기사단장 제프리 치에사 백작, 엘리스 팔레티 왕비 마마, 에너하임 팔레티 7왕자 전하……."

그 뒤로 줄줄이 이어지는 헐버트 남작의 증언. 거의 모든 대신들과 왕의 혈족들이 포함되어 있었다. 아니, 거의가 아니라 모두였다. 들라크루아 후작과 귀족들은 입을 딱 벌리고 어떠한 말도 하지 못했다.

믿고 싶지 않은 현실이었다. 믿고 싶지 않았다. 패트리아스 백작에 대해서도 그랬던 것처럼 자신들이 믿고 싶은 것만 믿고, 보고 싶은 것만 보고, 듣고 싶은 것만 듣고 싶었다.

하나, 그럴 수 없었다. 그 모든 것이 귀족들의 심장과 귀를 아프게 파고들었다. 그렇게 해서 자신들이 위치가 이렇게 되었다는 것을 알게 된 것이었다. 믿지 못했기 때문에 상황이 이렇게까지 흘러왔다는 것을 깨닫게 됐다.

"시종과 시녀들은… 병사들은……."

"그들은 피를 빨려 죽었습니다. 그들은 부상을 입으면… 뱀파이어가 되지 않은 시종들과 시녀들 그리고 병사들의 목을 물어 피를 충당하고 상처를 치료했습니다."

"그러… 했는가? 정녕 그러했는가?"

그 말만 되풀이하는 들라크루아 후작이었다. 그의 목소리는 잠겨 있었다. 눈이 있어도 보지 못했고, 귀가 있어도 듣지 못했으며, 머리가 있어도 생각하지 못했다.

패트리아스 백작은 자신들의 이런 부정적인 생각을 알고 있었다. 그러함에도 불구하고 그는 홀로 외로이 뱀파이어와 싸우고 라이칸 슬로프와 싸워오고 있었다.

귀족들이 자신을 헐뜯고 시기함에도 어떠한 변명조차 하지 않고 우직하게 자신이 하고자 하는 바를 위해 끊임없이 전진하고 전진했다.

그러한 생각은 비단 들라크루아 후작 혼자만의 생각이 아니었다. 귀족들은 자신이 부끄러워지고 있었다. 얼굴이 화끈해지고 눈을 도대체 어디에 두어야 할지 몰랐다.

자신들 역시 이 끝도 없이 무너져 가는 왕국을 걱정했다.

하나, 자신들은 걱정만 했다. 어떠한 행동도 하지 않았고, 어떠한 간언도 하지 않았다. 자신의 가문이 멸문당할 것을 두려워했고, 일신의 안위를 도모했기 때문이었다.

그러한 자신들은 진실을 보지 못하고 진실한 자를 욕하며 시험하고 질시하고 있었다. 그리고 지금 이 순간조차 자신들은 자신과 가문의 안위를 위해 눈앞의 이익을 좇고 있었다.

이 얼마나 부끄러운 행동이란 말인가? 입으로는 왕국을 위하고 영지민을 위하며, 아녀를 위하고, 어린아이를 위한다 하며 달콤한 말을 쏟아내지만 정작 몸은 그들을 착취하고 이용하고 있었으니 말이다.

"부끄럽구나. 참으로 부끄러워."

드라클루아 후작은 얼굴조차 제대로 들 수 없었다. 이 더러운 정치판이 보기 싫어서, 오로지 꼿꼿하게 살기 위해 모든 것을 버리고 낙향을 했다. 하나, 그것은 낙향이 아니라 스스로 도망간 것이었다.

바꿀 수 있는 자리 혹은 힘을 가진 자로서 목숨을 걸고 대항해야 하거늘, 아집에 사로잡혀 자신만의 생각이 옳다 여기고 모든 것을 버리고 홀로 깨끗한 척했던 것이다.

자신은 비겁했던 것이다. 깨끗함을 더럽히기 싫었고, 욕을 먹기 싫었기 때문에 낙향한 것이었다. 그러함에도 자신은 여전히 정계에 발을 담그고 있었다. 마치 내가 물러났어도 정계는 여전히 나를 원하고 있다는 것을 확인이라도 하는 것처럼 말이다.

그것을 보며 자신은 쾌락을 느끼고 있었다. 변태적인 쾌락을 말이다. 그래서 부끄럽고 한없이 작아지고 있었다. 그리고 드라클루아 후작은 이제는 자신이 나서야 할 때임을 알게 되었다.

"이제 아시겠습니까? 패트리아스 백작이 아니었다면 이 코린 왕국은 이미 뱀파이어들의 왕국의 되었을 것임을 말입니다."

"이 아집과 권력욕에 가득 찬 늙은이에게 깨달음을 주어 진심으로 고맙네."

드라클루아 후작은 새까맣게 어린 후배 귀족에게 머리를 숙였다. 진심으로 고맙다는 그만의 표현법이었다.

"어찌 이러십니까? 이러시면 아니 되십니다."

"아닐세. 귀작은 이 볼품없는 늙은이의 스승이네. 이 늙은이의 인사를 부디 받아주기 바라네."

"그것이 어찌 후작 각하만의 아집이었겠습니까? 저 또한 마찬가지 아닙니까? 이제부터 달라지면 되지 않겠습니까?"

"고맙네. 고마워."

"오히려 소작이 해야 할 말입니다."

둘은 손을 굳게 잡았다. 노회한 귀족의 귀환이었고, 앞으로 왕국의 미래를 짊어져야 할 귀족의 드러남이었다. 드라클루아 후작은 그렇게 자신의 잘못을 뉘우친 후 허리를 꼿꼿하게 펴고 카랑카랑한 목소리로 외쳤다.

"본작은 제논 패트리아스 백작을 이 무너져 가는 코린 왕국의 국왕으로 추대하는 바이오. 그만이 이 왕국을 바로 세울 수 있음이오."

그가 그렇게 자신의 의견을 천명했다. 헤밀턴 공작 가문에 회유되지 않은 거물 귀족이 공적인 자리에서 제논 패트리아스 백작을 지지하는 성명을 낸 것이었다.

그 여파는 실로 지대했으니, 지금까지 앞으로 자신들의 입지, 혹은 왕국의 상황에 대해 심각한 얼굴로 열띤 토론을 하고 있던 귀족들의 마음을 단번에 돌려세우는 파급력을 가지고 있었다.

"또한 본작은 이 자리에 나서 패트리아스 백작에게 왕좌의 자리에 앉기를 청할 것이네. 동조하는 이들은 본작을 따르게."

"소작 따르겠습니다."

가장 먼저 뒤마 자작이 그의 뒤에 섰고, 뒤를 이어 헬버트 남작이 섰다. 그렇게 둘이 들라크루아 후작의 뒤에 서자 상황을 보던 귀족들 역시 일제히 그의 뒤에 늘어섰다.

들라크루아 후작은 그들을 이끌고 대회의실을 나서 현재

제논이 머물고 있는 국왕의 집무실이 있는 베스턴 궁의 정원으로 향했다. 코린 왕국의 왕궁 중앙에 위치한 베스턴 궁의 정원은 상당히 웅장하고 아름답게 꾸며져 있었으며, 한꺼번에 2천 명 이상을 수용할 수 있을 정도였다.

그러한 베스턴 궁의 정원에 도착한 들라크루아 후작은 베스턴 궁 입구 앞에 앉았다. 그리고 커다랗게 외치기 시작했다.

"삼가 청하옵컨대, 왕좌에 즉위하시어 위급한 이 왕국을 구하시옵소서."

"구하시옵소서."

들라크루아 후작이 선창을 하면 귀족들은 그 뒤를 이어 후창을 하였다. 한두 명의 목소리가 아닌 무려 1천에 가까운 귀족과 기사의 외침이기에 고요했던 베스턴 궁은 몸살을 앓아야만 했다.

한편 집무실에 앉아 앞으로 있을 전투에 대해 심각하게 논의하고 있던 제논은 귓가로 들려오는 엄청난 소음에 약간은 놀란 눈으로 자신의 앞에 있는 드라기 백작을 바라보았다.

결국 일어나 정원으로 향해 난 창문으로 다가가 밖을 내다보는 제논이었다. 그는 그 자세로 한참 동안 밖을 내다보았다. 그리고 신형을 돌려 드라기 백작을 보았다.

"백작의 생각입니까?"

제논의 물음에 어깨를 으쓱해 보이는 드라기 백작이었다.

"아니라고는 하지 못하겠습니다."

"어찌……."

왜 이런 짓을 하느냐는 말일 것이다. 자신은 왕좌 따위에는 관심이 없음을 이미 밝혔기 때문이다.

"지금은… 지금은 패트리아스 백작이 필요합니다."

"왜?"

"아시다시피 지금은 강력한 무력과 모두의 마음을 한데 모을 수 있는 절대의 군주가 필요합니다. 그것은 제가 아닌 각하께서 갖추고 있는 것입니다. 또한, 정통성에 있어 과거 이 왕국의 검이자 방패의 가문이 아니면 어찌 저들이 스스로 머리를 숙일 것입니까?"

한 치의 틀림이 없는 말이었다. 귀족들이 그렇다. 아무리 왕국이 위급하다 하나 그들이 가진 자존심은 무척이나 드세다. 그들이 생각하는 정통성의 범주는 무척이나 딱딱했고 말이다.

그러한 그들이 자신들만의 잣대와 자존심을 버리고 따를 만한 인물이 과연 몇이나 있을까? 거의 없다 해도 과언이 아니었다.

물론 드라기 백작도 충분히 훌륭한 귀족이었으나 지금의 상황에는 맞지 않는 면이 있었다. 일단 그는 언제나 그들의 쟁점과 관심에서 벗어나 있었다. 한마디로 그저 그런 동북부의 훌륭한 귀족일 뿐이라는 것이다.

하나, 제논은 아니었다. 제논은 모습을 드러내는 그 순간부터 모든 귀족의 이목을 집중시켰다. 수많은 질투와 시기를 받고, 심지어는 모함까지 받았다. 그리고 지금 이 왕국의 절대적인 존재라 할 수 있는 헤밀턴 공작 가문과 정면으로 격돌하고 있는 유일한 가문이자 가주였다.

게다가 그가 가진 과거의 명성과 무력은 실로 대단한 것이었다. 과거의 명성은 말할 필요조차 없었다. 재상이니 공작이니 하는 이들보다 패트리아스 백작 가문을 더 잘 알고 있을 정도니 말이다.

그리고 무력이란 것.

믿고 싶은 것만 믿고, 보고 싶은 것만 보는 귀족들조차 소문이라 치부하지만 제논의 무력에 대해서 어느 정도 인정하고 들어갔다. 애써 폄하하고, 아니라 부정한다고 해서 손바닥으로 하늘을 가릴 수는 없는 법이다.

그러한 와중에 드라기 백작이 슬쩍 몇몇 사람을 그들 사이에 끼워 넣었다. 그러자 그들이 움직였다. 굳게 닫힌, 아니, 조금씩 열리고 있던 귀족들의 마음을 한꺼번에 활짝 열어젖힌 것이었다.

한 번 시작하기가 힘든 것이지, 시작한 후에는 별로 어려운 것이 없었다. 그들은 그대로 내달려 바로 드라기 백작이 원하는 이 자리에 있었다.

"내가 보기에도 지금 상황에서는 형님밖에 없소."

스웬슨이 거들었다. 평소 스웬슨이 보기에 제논은 자신의 일 외에는 지극히 관심이 없었다. 제논은 그 모든 것을 한눈에 꿰고 있을 정도로 대단했지만 권력에는 이미 식상했으며, 금력에조차 무관심했다.

하지만 지금은 상황이 달랐다. 자신의 형님이 나서지 않는다면 결코 이 난국은 정리되지 않을 것이기 때문이었다.

"너 또한 그리 생각했더냐?"

"형님의 생각이 어떤지 알고 있소. 하나, 이미 너무 깊숙이 발을 담근 상황이오. 차후에 어떻게 될지 모르나 현재 상황만큼은 형님이 정리하는 것이 맞소."

단숨에 말을 한 스웬슨은 잠시 입을 닫았다. 그리고 조금 시간이 흐른 뒤 자신의 의견을 피력했다.

"물론 이것이 형님이 의도한 상황이 아니라는 것은 잘 알고 있소. 하나, 의도했든 의도하지 않았든 여기 있는 모든 이의 중심에는 바로 형님이 있소. 형님을 보고 모인 것이란 말이오."

그러했다. 여기 모인 이들.

스웬슨, 드라기 백작, 더글라스 후작, 안토노프, 아이작스 백작, 겜블 경, 안톤 경 등 이 모두가 제논을 중심으로 모인 이들이었다. 그를 따르고, 그가 팥을 콩이라 해도 믿을 그런 이들이었다.

"억지일지 모르나 형님 말고는 작금의 상황을 풀어나갈 수 있는 사람이 없단 말이오."

스웬슨이 입을 닫았다. 제논은 스웬슨을 물끄러미 쳐다보다 자신을 바라보고 있는 이들과 한 명, 한 명 눈을 맞추었다. 그들은 모두 같은 눈동자를 하고 있었다.

"후우~"

그에 제논은 가볍게 한숨을 내쉬었다.

"이번까지요. 지금의 상황이 마무리되면 왕좌 따위 지체 없이 벗어날 것이오."

제논의 말에 화색이 도는 드라기 백작이었다. 그뿐 아니라 모두 같은 얼굴이었다.

"이를 말이옵니까? 그때는 하고 싶다 하여도 소신이 만류할 것이옵니다."

드라기 백작은 당장에 말투와 행동거지부터 바꿨다. 아주 당연하다는 듯이, 혹은 항상 그랬던 것처럼 말이다. 사실 드라기 백작으로서도 이것이 자신이 원하는 최상의 패였다.

자신은 개국을 위한 왕이 아니었다. 자신은 치세의 왕에 합당했으니 말이다. 개국을 위한 왕은 분명 자신보다 제논이 더 어울렸다.

물론 그가 치세까지 한다 해도 막을 방도는 없었다. 치세 역시 자신보다 뛰어난 제논이었지만 드라기 백작은 작금의 상황이 마무리되면 억지로 잡는다 해도 스스로 사라질 것임을 알고 있었다. 그에게는 해야 할 또 하나의 일이 있었으니 말이다.

"가시지요. 가서서 저들에게 새로운 왕의 탄생을 수락하셔야 하옵니다."

"쯧!"

드라기 백작의 행동에 가볍게 혀를 찬 제논은 뒷짐을 풀고 걸음을 옮겼다. 그의 뒤를 따라 이 집무실에 있던 모든 이가 밖으로 나갔다.

긴 회랑이었다. 길게 뻗은 그곳에서 수없이 아름다운 색채와 향기가 묻어나고 있었다. 그 길고 긴 회랑이 끝났을 때 제논은 마침내 베스턴 궁의 정문에 이르러 있었다.

"조용!"

제논이 나오는 것을 본 들라크루아 후작은 카랑카랑한 목소리로 외쳤다. 그에 모든 귀족이 입을 닫았다. 그들의 시선은 정문을 열고 나온 제논에게로 향했다.

제논은 그들을 보지 않았다. 단지 자신의 정면에 있는 들라크루아 후작을 볼 뿐이었다.

"진정 그러하길 원합니까?"

"그렇습니다."

"나는 왕가를 능멸했고, 왕실과는 어떠한 혈연조차 가지고 있지 않소. 후작도 알다시피 나는 복수에 혈안이 되어 있는 자일 뿐이오."

작게 말했으나 그의 목소리는 정원 전체에 울려 퍼졌다.

"하나, 패트리아스 백작 가문은 코린 왕국의 검이자 방패였습니다. 또한, 스스로의 안위를 위해 알고도 모른 채 눈을 감고 귀를 닫으며, 옳은 행동을 시기하고 질투했사옵니다."

들라크루아 후작은 예의 그 카랑카랑한 목소리를 높여 외치고 있었다.

"그 결과 왕국은 과거의 영광은커녕 그 명맥조차 잇지 못할 상황에 이르렀사옵니다. 면목 없고, 염치없으나 청컨대 부디 이 왕국을 버리지 말아주시옵소서."

"……."

제논은 그저 물끄러미 들라크루아 후작을 바라볼 뿐이었다. 그러기를 한참. 제논이 다시 입을 열었다.

"이 전쟁에서 패할 수도 있소. 패한다면 그대들은 물론이거니와 그대들의 가문조차 흔적도 없이 사라질 수 있소."

"이미 각오한 바이옵니다. 또한, 그동안 평안한 몸이었으니 이제 조금 수고롭고 위태롭다 하여 다시 망국에 이르는 우는 범할 수 없음이옵니다."

굳건한 의지가 제논에게로 정해졌다. 이쯤 되면 허락하지 않을 수 없었다. 하나, 제논은 다시 한 번 확인했다.

"그대들의 모든 것. 이 왕국을 위해 바칠 준비가 되었소?"

"준비되었사옵니다."

들라크루아 후작을 비롯해 그와 함께 이곳 베스턴 왕궁에 찾아든 모든 기사와 귀족이 소리 높여 외쳤다. 그들의 눈빛에는 예전과 다르게 의지의 견정함이 깃들어 있어 그 단단함이 결코 변하지 않을 것 같았다

"왕위를……."

꿀꺽!

제논이 입을 열었다. 그에 귀족들은 마른침을 삼켰다.

"허하는 바이오."

"성은이 망극하옵나이다."

"국왕 전하 만세!"

"국왕 전하 만세!"

그가 왕위를 허하고, 귀족들이 머리를 조아리며 그를 받아들이자 제논의 뒤에 있던 드라기 백작이 두 손을 높이 들어 외쳤다. 그에 머리를 숙였던 귀족들과 기사들이 일어나 두 손을 들어 올리며 따라 외쳤다.

이로써 제논 패트리아스 백작이 아닌 제논 패트리아스 국

왕이 되었다. 국호는 변치 않았다. 다만 국왕이 바뀌었을 뿐이었다.

재상은 드라클루아 후작이 내무대신 겸, 코린 왕국의 마법 병단장은 아이작스 백작 가문의 마법 병단장인 지그라투 안톤 경을 백작으로 승작시켜 내정하였으며, 군무대신은 드라기 백작, 총 기사단장은 아이작스 백작 가문의 단장으로 있던 미하일로프 겜블 경을 백작으로 승작시켜 맡겼다. 그리고 중앙군 사령관으로는 스웬슨을 임명하였다.

지금은 코린 왕국 절체절명의 비상사태인 점을 들어 모든 귀족가의 영지군을 중앙군으로 편입시키고 그 지휘 계통을 하나로 통일시키면서 중앙 왕국군을 탄생시켰다.

중앙 왕국군 휘하로는 북부 방면군, 서부 방면군, 남부 방면군, 동부 방면군으로 4개의 방면군을 두었으며, 4개의 방면군 휘하로 다시 군단을 두어 군 조직을 재편한 것이었다.

한마디로 국왕의 한마디에 모든 군이 일사불란하게 움직이는 체제를 갖춘 것이었다. 하나, 체제를 갖추는 데 잡음이 없는 것은 결코 아니었다. 그럴 수밖에 없는 것이, 영지를 지켜 줄 정예군이 없어지는 것이니 각 지역을 다스리는 귀족들이 불안해할 수밖에 없었다.

하나, 이미 7서클에 오른 안톤 백작이 각 영지에 대규모의 워프 마법진을 설치함에 귀족들의 반발은 언제 그랬냐는 듯이 사라졌다.

그렇게 하나씩 차곡차곡 헤밀턴 공작 가문과 오브레임 후작 가문에 대항하기 위한 준비가 갖춰지고 있었다.

그리고 그러한 소식은 곧바로 헤밀턴 공작 가문과 오브레임 후작 가문에 전해졌다. 그에 헤밀턴 공작과 오브레임 후작은 급히 주요 귀족과 기사들을 모아 대규모 회의를 열었다.

그 상석에는 프라이스 헤밀턴 공작이 자리하고 있었고, 그의 오른쪽에는 오브레임 후작이, 그리고 그의 왼쪽에는 크리스티나 오브레임 후작 부인이 자리했다.

또한 그의 뒤에는 두 명의 인물이 시립해 있었는데, 2미터가 넘어가는 장대한 체구를 지닌 총 기사단장 네버로 헤밀턴 백작과, 창백한 안색과 함께 곱상한 얼굴에 날카로운 눈매를 가진 알렉산드르 메드베데프 백작이었다.

원래는 패트리아스 백작에 대한, 아니, 이제는 코린 왕국의 국왕이 되어버린 제논에 대한 모든 것을 오브레임 후작에게 일임하였다. 하나, 상황이 커져 버렸다.

제논이 불시에 왕궁을 급습하여 국왕과 그 일족을 모두 제거함과 동시에, 코린 왕국의 국왕으로 등극한 뒤 헤밀턴 공작 가문에 포섭되지 않은 귀족들을 모아 전열을 재정비해 버린 것이었다.

그는 이제 개인이 아닌 코린 왕국을 대표하는 자가 된 것이었다. 때문에 오브레임 후작 가문 홀로 그를 상대하기는 어렵게 되었다. 어쩔 수 없이 헤밀턴 공작 역시 최선을 다해야 하는 상황이 된 것이다.

"주지하다시피 제논 패트리아스 백작이 선왕과 그 일족을 모조리 참하고 스스로 왕위에 올랐소. 또한, 그는 본 헤밀턴 가문의 전대 가주이며 본작의 아버지인 슈프라이머 헤밀턴 전대 공작을 죽인 원수요."

그렇게 말한 헤밀턴 공작은 주변을 무섭게 훑어보았다. 그 모습만 보아도 다음 말이 어떻게 전개될지 충분히 알 수 있었다.

"해서 본 공작은 결심했소. 저 대역무도하고 불구대천의 원수를 이 땅에서 사라지게 만들 것이라고 말이오."

환호성은 없었다. 환호성이 있을 수 없었다. 하지만 충분히 짐작하고도 남았다. 지금 이곳에 있는 이들은 모두 뱀파이어였다. 사실 인간의 것을 차용하고 있지만 그들은 화려한 만찬을 기대하고 있는 것과 다르지 않았다.

인간을 정복하고 인간이 피를 즐길 화려한 만찬이었다. 대외적으로 헤밀턴 공작의 말은 그저 명분에 지나지 않을 뿐이었다. 전혀 자신들과 어울리지 않는 명분 말이다.

코린 왕국은 아직 뱀파이어의 왕국이 아니다. 그러하기에 아직은 자신들이 뱀파이어임을 밝힐 수는 없었다. 겉모습과 드러나는 행동은 어디까지나 인간일 수밖에 없었다. 그러하기에 저렇게 웃기지도 않을 비분강개의 말을 토해내야만 했다.

크리스티나는 속으로 쓰게 웃을 수밖에 없었다. 이 모든 상황. 그것은 지금 가장 상석에 앉아 있는 자신의 오라버니인 헤밀턴 공작이 만들어낸 것이라는 사실을 알았음에.

이 회의가 있기 일주일 전.

퀸이 그녀를 찾아왔다. 그리고 자신이 알지 못하고 있던 사실을 알려주었다. 오브레임 후작에게 전승된 피와 그의 새로운 책사의 정체, 그리고 50년 전부터 시작된 현 헤밀턴 공작의 전대 헤밀턴 공작에 대한 공작을 말이다. 마지막으로 당대 헤밀턴 공작의 죽음까지.

아무리 혈연에 대한 예속이 인간일 적보다 가볍다 하지만 여전히 전대 헤밀턴 공작은 크리스티나 그녀의 든든한 후견 자였다.

절대 넘을 수 없는 산이자 어떠한 것에도 파괴되지 않는 그런 단단한 바위였던 것은 사실이었다. 그런데 그러한 아버지가 과거의 연인에게 죽임을 당하고, 그러한 아버지를 과거의 연인에게 죽도록 만든 이가 바로 자신의 오라버니와 오브레임 후작이라는 것에 놀라지 않을 수 없었다.

아니, 놀람을 넘어서 충격이라 할 수 있었다. 그 충격에 크리스티나는 한동안 말조차 할 수 없었으니 말이다. 그러한 시간을 퀸은 차분하게 기다려 줬고, 모든 사실을 알린 후 앞으로 그 둘을 어떻게 할 것인지에 대한 숙제를 남겨놓고 홀연히 사라져 버렸다.

그동안 크리스티나는 많은 생각을 했다. 그리고 깨달을 수 있었다. 그녀 자신은 결국 인간의 굴레에서 벗어날 수 없다는 현실을 말이다. 자신도 그러했지만 이 코린 왕국에 존재하는 모든 뱀파이어와 라이칸 슬로프는 절대 인간의 굴레를 벗어날 수 없음을 말이다.

그녀는 귀족들을 향해 열변을 토하고 있는 자신의 오라버니인 헤밀턴 공작을 조용하고 차분한 눈으로 바라보았다. 그리고 눈동자를 움직여 오브레임 후작을, 마지막으로 오브레임 후작의 등 뒤에 무표정하게 서 있는 프레이저 자작을 바라보았다.

그러다 일순 크리스티나의 시선과 프레이저 자작의 시선이 부딪혔다. 순간 크리스티나는 억겁의 무저갱으로 빠져 드는 것 같은 착각이 일었다. 도저히 헤어 나올 수 없는 그런 늪과 같은 곳으로 말이다.

콰악!

크리스티나는 주먹을 말아 쥐었다. 그녀의 손톱이 손바닥을 파고들어 새하얗게 변하면서 검붉은 핏물이 흘러나왔다.

그에 정신이 번쩍 들었다. 만약 부지불식간에 그런 행동을 하지 않았다면 크리스티나는 프레이저 자작의 시선에서 빠져나올 수 없었을지도 몰랐다.

"해서 모든 준비를 완벽하게 마치는 세 달 후 그들에게 영광의 진군을 할 것을 선언하는 바이오!"

"추우웅!"

드디어 전쟁이 결정이 되었다. 인간의 룰에 따라 선전포고 있을 것이고, 수많은 인간과 뱀파이어, 혹은 라이칸 슬로프가 죽어갈 것이다. 그것은 보지 않아도 뻔한 일.

귀족들과 기사들이 날카로운 이빨을 드러내며 충성을 외칠 때 크리스티나는 깊은 생각에 잠겨 있었다.

'뱀파이어 퀸. 에르체르트 바토리여! 그대가 진정 원하는 것은 무엇인가?'

그러했다. 뱀파이어 퀸 에르체르트 바토리가 원하는 것. 그것이 대체 무엇일까? 스스로 제 살을 깎아 먹는 행위를 할 이유가 없거늘, 그녀는 지금 교묘한 책략으로 서로를 이간질시키며 부추기고 있었다.

대체 왜인가?

왜 그녀는 뱀파이어의 내분을 획책하는 것인가? 도저히 알 수 없었다. 크리스티나의 근심은 깊어만 갔다. 지금의 상황을 대체 어떻게 해야 하는지.

어쩌면 헤밀턴 가문과 오브레임 가문, 그리고 코린 왕국은 공멸할 수 있었다. 인간이라 하나 얕볼 수만은 없었다. 그들에게는 뱀파이어나 라이칸 슬로프, 혹은 자신들이 만들어낸 키메라를 압도할 만큼의 병력이 있으니 말이다.

아무리 자신들이 뛰어나다 해도 결국 지친다. 지치면 죽는다. 그것이 전쟁이니까. 전쟁이라는 것은 강한 자가 살아남는 것이 아니라 살아남는 자가 강한 것이니까. 그것을 너무나도 잘 알고 있는 크리스티나였다.

그런데 지금 여기 있는 뱀파이어와 라이칸 슬로프들은 인간을 너무 가볍게 여기고 있었다. 그들의 수를 너무 간과하고 있는 것이었다.

이것은 안 좋은 현상이다. 더군다나 그들을 이끄는 자가 제논임에랴 말해 무엇 하겠는가? 지금껏 제논은 단 한 번의 패배도 없었다. 뱀파이어와 라이칸 슬로프가 참여한 모든 전투에서 승리하고 있었다.

'이건 위험하다!'

그녀는 직감하고 있었다. 위험하고도 위험했다. 지극히도 불길한 감각이 그녀의 전신을 휩싸고 돌았다.

Chapter 05

"네가 선전포고를 위한 사신으로 가줬으면 좋겠군."

"……."

헤밀턴 공작의 말에 크리스티나는 말없이 그를 바라보았다. 그와 자신의 관계를 모르지 않을 것이다. 그런데 자신을 사신으로 보내는 것이었다. 어쩌면 돌아오지 못할 수도 있는 상황에서 말이다.

"의도가… 궁금하군요."

"의도? 의도라……."

크리스티나의 물음에 잠시 혼자 중얼거리더니 이내 날카

로운 웃음을 지어 보이는 헤밀턴 공작이었다. 마치 먹이를 노리는 뱀의 웃음과도 같았다. 순간적으로 전신에 소름이 돋는 것을 느낀 크리스티나였다.

"새로운 헤밀턴 가문을 준비해야 하지 않겠느냐?"

"그것이 나와 무슨 상관이죠? 또한, 굳이 내가 사신으로 가야 할 이유가 있나요? 오히려 그의 성정에 불을 지르는 것이 아닌가요?"

"그래서 네가 가야 하는 게야."

"……."

적의 평정심을 깬다.

그것은 어떻게 보면 계략이라 할 수 있었다. 전쟁에 있어서 평정심이 깨지만 평소보다 과한 힘을 낼 수는 있겠으나 그 반대급부로 판단력이 흐려지고 체력이 빨리 소모된다.

전투가 아닌 전쟁에서는 치명적이라 할 수 있었다. 전쟁은 단기전이 아닌 장기전이기 때문이었다. 헤밀턴 공작은 크리스티나를 보내 그의 판단을 흐리게 할 목적이라 말하고 있었다.

"가지요."

"그래. 그래야지. 준비되는 대로 출발했으면 좋겠군."

"알겠어요."

크리스티나는 자리에서 일어섰다. 그녀의 얼굴은 딱딱하

게 굳어져 있었다. 의자에서 일어나 돌아서 집무실을 나가는 크리스티나의 모습을 바라보는 헤밀턴 공작의 얼굴에는 의미 모를 비열한 웃음이 떠올라 있었다.

조심스럽게, 아주 조심스럽게 집무실의 문을 닫고 나온 크리스티나였다. 자신의 마음을 드러낼까 지극히 조심하면서 말이다.

딸깍!

집무실의 문을 닫은 크리스티나. 그녀는 잘게 입술을 깨물었다. 아버지가 죽은 이후 헤밀턴 공작 가문은 완벽하게 오라버니의 손아귀에 들어갔다. 마치 아버지의 죽음을 기다리고 있었다는 듯이 말이다.

그와 함께 가장 듬직한 후원자를 잃은 크리스티나는 급속도로 그 세력이 무너지고 있었다. 그녀가 구축한 세력 내에서도 배신자가 생기며 끈 떨어진 연처럼 허공에 맴돌고 있었다.

자신이 신세가 지독히도 분한 크리스티나였다. 자신의 편에 선 이들은 없었다. 오브레임 후작 역시 본래의 모습을 찾아가면서 헤밀턴 공작의 세력에 흡수되었다.

오로지 그녀가 가질 수 있는 배경은 하나. 바로 뱀파이어 퀸의 후원일 뿐이었다. 크리스티나의 걸음이 자신의 집무실로 향했다. 그곳에는 자신을 지원해 주는 든든한 아군이 있음이었다.

딸깍!

손잡이를 잡아 돌렸다. 그리고 집무실 안으로 발을 내딛었다. 그녀는 느낄 수 있었다. 자신만의 공간에 자신이 아닌 다른 존재가 있다는 것을 말이다.

그녀의 시선이 책상이 있는 쪽으로 향했다. 자신이 앉아 집무를 보던 의자가 돌려 세워져 있었다. 자신이 앉아야 할 의자의 뒷모습을 바라보는 그녀는 표정은 복잡 미묘했다.

"왔느냐?"

"강녕하셨는지요?"

"그래. 그동안 참으로 격조했구나."

"많은 일이 있었으니까요."

"그래. 많은 일이 있었지."

그렇게 말을 하면서 뱀파이어 퀸 에르체르트 바토리는 의자를 돌려 세웠다. 그와 함께 그녀의 그림자인 제이슨 맨즈너와 그녀의 가장 강력한 추종자인 마커스 그레이븐이 환영처럼 그녀의 뒤에 시립했다.

그 모습만 본다면 마치 천상의 신장과 같은 모습이었다. 매우 아이러니한 모습에 크리스티나는 메마른 웃음을 지어 보였다. 말 같지도 않은 자신의 생각에 실소를 흘린 것이었다.

"무엇이 우습더냐?"

"아니, 아니에요. 한데, 어찌 저를 찾으셨는지요."

크리스티나의 물음에 퀸이 그녀의 시선을 사로잡으며 붉은 입술을 말아 올렸다. 의도적으로 거리를 두었더니 끈끈했던 그녀와의 관계가 이리도 푸석해졌다. 자신의 예상을 벗어나지 않은 반응을 보이는 크리스티나였다.

"서운했더냐?"

"서운이라… 그럴 수도."

"너는 네가 진정으로 뱀파이어들의 퀸이 될 자질이 있다고 보았더냐?"

"타고난 것은 없다 알고 있어요. 하지만 퀸도 타고난 것은 아니지 않나요?"

"그래, 그렇구나. 그런데 말이다…….'

"큭!"

퀸의 눈이 날카로워졌고, 그 순간 크리스티나의 입가에 가는 혈선이 내비쳤다. 그리고 그녀의 새하얀 얼굴로 푸른 핏줄이 도드라지기 시작했다. 그녀의 눈은 찢어질 듯 치떠졌고, 지독하게 몰려드는 고통을 이겨내기 위해 손톱이 손바닥을 파고들도록 주먹을 쥐었다.

"건방지구나. 겨우 진혈이 되었을 뿐이거늘, 로열 블러드가 된 것 같은 그 행동은 대체 무엇이더냐?"

나직하고 조용했다. 마치 옆에서 귓가로 속삭이는 듯한 퀸의 말이었으나, 크리스티나는 그 한마디, 한마디가 천둥처럼 들려 전신의 핏줄기를 갉아먹는 듯한 느낌을 받고 있었다.

"밤을 다스리는 뱀파이어 일족은 지고하고도 도도하다. 겨우 30년도 되지 않은 진혈이 야망을 위해 되지도 않는 이빨을 드러낼 정도로 나약하지도 타락하지도 않았단 말이다."

투둑! 툭!

크리스티나의 핏줄기가 터졌다. 그러함에도 크리스티나는 어떠한 행동도 하지 못하고 있었다. 자신의 몸이거늘 움직일 수 없었다. 핏줄기는 마치 자신의 피가 아닌 양 퀸의 명령을 듣고 그녀에게 달려가려 했다.

피부를 뚫고 핏줄기가 터져 나왔다. 하지만 목숨에는 전혀 영향이 없었다. 형용할 수 없는 지독한 고통이 그녀의 전신을 관통하고 있을 뿐이었다.

"네 오라비는 참으로 한심하다. 아비를 죽이면 그의 모든 것이 자신에게로 올 줄 아는가 보다. 하나, 아니다. 너희의 아비는 30년이라는 짧은 시간에 확고하게 자리를 잡을 만큼 충분한 능력이 있었다."

"끄극!"

크리스티나의 입가에서 조금 더 많은 양의 핏물이 흘러내렸고, 고통을 참기 위한 그녀의 입에서는 아픔을 참는 고통의 소리가 흘러나왔다. 하나, 퀸의 눈은 전혀 달라지지 않았다.

"그는 충분히 노력했고, 노련했다. 하나, 네 오라비는 대체 무언가? 어떤 노력을 했는가? 그러한 주제에 스스로 이빨을 드러내고 있음이니 이는 용서할 수 없다 할 것이다."

"……."

퀸은 잠시 말을 끊었다. 그리고 고통에 몸부림치며 손바닥이 파고들도록 주먹을 말아 쥐고 어금니를 악물고 있는 그녀를 무감정하게 바라보았다.

"하아~ 네가. 네가 헤밀턴 가문을 이었으면 얼마나 좋았을꼬. 너의 가슴속에 숨어든 비통함과 분노. 그리고 질투와 야망, 잔인함은 뱀파이어로서, 혹은 가주로서 반드시 가져야 할 것이거늘 어찌 야망만 있는 자가 그 자리를 차지한 것인지."

그렇게 말을 하고 앉은 자세에서 손을 가볍게 휘젓는 퀸이었다. 그에 크리스티나는 마치 끈 떨어진 인형처럼 그대로 허물어져 내렸다.

"커허억!"

한 움큼의 핏덩이를 토해내는 크리스티나였다. 검게 죽은 피가 끊임없이 흘러내려 쓰러진 그녀의 손과 다리를 적셨다. 분한 마음에 그녀의 눈에서는 굵은 눈물이 흘러내리고 있다.

"분하더냐?"

"그렇… 습니다."

답을 했다. 분하고 분했다. 심장이 갈가리 찢어질 정도로 분했다. 자신의 야망이 무너짐에 세상의 모든 것이 무너지는 것 같은 지독한 허탈감이 찾아들었다.

"아프더냐?"

"……."

퀸의 물음에 크리스티나는 서서히 고개를 들어 올렸다. 그리고 자신의 의자에서 자신을 내려다보고 있는 퀸을 바라보았다.

"아픕니다. 너무 아파서 미칠 지경입니다. 세상의 모든 피를 다 들이켠다 해도 이 아픔이 사라질 것 같지 않아 절망스럽습니다."

"힘을 원하느냐?"

"원합니다. 그 누구도 나를 무시하지 못할 그런 힘을 원합니다."

"너의 영혼을… 나에게 주겠느냐?"

"…이미 제 영혼의 주인은 퀸이 것이 아니었더이까?"

"그러하구나. 너의 영혼의 주인은 이미 나였구나. 너의 주인으로서 힘을 주노니 너의 야망과 분노를 드러내라."

퀸의 손이 떠올랐다. 그녀의 손가락이 크리스티나를 가리켰다. 그녀의 손톱이 길어지며 검은색으로 물들어가기 시작했다. 그녀의 손톱으로부터 검은색의 연기가 뭉클거리며 피어나기 시작했다.

그 검은색의 연기는 하나로 길어지며 크리스티나의 미간으로 접근했다. 빠르지도 느리지도 않은 속도. 하나, 크리스티나는 피할 수 없었다. 마침내 그 검은색 연기가 그녀의 미간을 파고들었다.

그와 함께 크리스티나의 입이 떡 벌어졌다. 그녀의 눈 역시 더 이상 커질 수 없을 정도로 커졌으며, 그녀의 이마를 파고든 검은색 연기는 그녀의 전신을 휘감아 돌기 시작했다.

주르르륵!

그녀의 눈에서, 그녀의 코에서, 그녀의 입에서, 그녀의 귀에서 검고 진득한 것이 흘러내렸다. 그녀의 창백했던 얼굴이 검게 변하기 시작했으며, 도드라졌던 그녀의 핏줄기가 동화되기 시작했다.

검은 연기가 그녀를 완전히 휘감아 돌고 그녀가 보이지 않게 되었을 때 퀸은 조용히 손을 거두어들였다. 그리고 무심하게 그 검은색 연기를 바라보았다.

"그녀에게 너무 큰 힘을 주는 것은 아닌지 모르겠습니다."

"큰 힘이라 할 수 없지."

"하기는……."

제이슨의 물음에 퀸이 답했고, 마커스 원로가 말을 흐렸다. 마커스 원로는 지금 이것이 어떤 것인지 너무나도 잘 알고 있었다. 어둠의 마법 중 상위의 마법임을 말이다.

어둠의 힘이란 많은 힘을 준다. 하나, 힘이 많이 주어지는 대신 그 힘을 뛰어넘는 대가를 원한다. 그녀에게 있어 가장 큰 대가는 무엇일까?

인간이나 뱀파이어나 모두 마찬가지일 것이다. 바로 자신의 생명이라 할 수 있었다. 생명력을 담보로 하여 한 단계를 뛰어넘는 강력한 힘을 전수하지만 그 힘의 종말은 역시 죽음이었다. 단순한 죽음이 아닌 영혼의 소멸이었다.

"이로써 모든 것이 끝이 났군요."

"끝나기 전까지는 아무것도 모르는 법이지요."

마커스 원로와 제이슨이 주거니 받거니 말을 하고 있었다. 하나, 정작 어둠의 극상의 마법을 펼친 퀸은 창백해진 얼굴로 점점 그 색을 잃고 회색으로 변해가고 있는 연기를 바라보고 있었다.

연기는 점점 옅어지고 있었다. 검은색이었던 연기는 어느새 회색으로 물들어가고 있었으며, 크리스티나는 그 연기에 떠받쳐 허공에서 편안하게 누워 있었다.

종내에는 그 모든 회색의 연기가 크리스티나의 콧속으로 빨려들듯 스며들었고, 크리스티나의 안색은 예의 창백함으로 돌아오고 있었다. 그 모든 과정이 끝났을 때 크리스티나는 마치 단잠을 자고 일어난 듯 상쾌한 표정으로 서서히 지상으로 내려오고 있었다.

그녀의 키가 조금 자란 듯 커 보였으며 눈동자는 미미한 회색으로 변해 있었다. 머리카락 역시 은은한 회색빛을 띠었다.

그녀는 자신의 두 손을 들어 바라보았다. 주먹을 말아 쥐어보기도 하고 손을 가볍게 털어보기도 하였다. 고개를 돌려 목을 풀었고, 어깨를 살짝 돌려 굳어진 것 같은 목덜미와 어깨를 풀어보았다.

그리고 마지막으로 그녀의 시선이 퀸에게로 향했다. 하나, 크리스티나는 굴종하지 않았다. 예전과는 전혀 다른 그런 모습이었다. 그러한 모습에 퀸은 만족한 웃음을 지어 보였다.

"만족하는가?"

"좋군. 그리고 깊은 절망과 갈망을 지닌 이 영혼 역시."

간단하게 답한 크리스티나는 고개를 천천히 돌리며 주변을 살펴보았다. 마치 처음 본다는 듯이 말이다. 그리고 걸음을 옮겼다. 그녀는 퀸을 지나쳐 짙은 커튼으로 가려진 창을 열어젖혔다.

촤하아악!

그와 함께 밝은 빛이 쏟아져 들어왔다. 보통의 뱀파이어라면 그 빛에 불꽃이 되어 사라졌을 것이나 이미 여기 있는 이들은 그 수준을 넘어선 존재. 오히려 그 빛을 즐기고 있었다.

크리스티나는 밝은 빛을 정면으로 받았다. 그러다 마치 이

싱그러움을 마음껏 누리겠다는 듯이 가슴과 손을 펴고 눈을 감아 깊게 숨을 들이쉬었다.

"이것이 중간계의 공기로군."

여전히 그 자세 그대로 서 있는 크리스티나. 그러한 크리스티나에게 어떠한 제지도 하지 않는 퀸. 예전과는 전혀 다른 크리스티나의 행동이었다. 마치 동등한 위치를 가진 존재처럼 말이다.

중간계의 공기에 흠뻑 젖어 있던 크리스티나의 시선이 문득 퀸에게로 향했다.

"소환자여! 무엇을 원하는가?"

"그대가 원하는 것. 그것 외에 아무것도 필요 없소. 죽음과 재생의 마왕 이슈타르여!"

"오홋!"

죽음과 재생의 마왕 이슈타르.

자비롭고 은혜를 많이 내리는 여신이나 변덕이 심해 그녀의 자비와 은혜는 오래가지 않는다. 사랑이 식어버리면 예전의 연인을 불구로 만들거나 죽음으로 인도하며, 심지어는 동물로 만들어 비참한 생을 마치게 했다.

그리하여 그녀는 천신이 아닌 악신이 되었으며, 인간의 가장 원초적인 성욕을 풀어주는 창녀들의 수호신이 되었다. 하나 그녀는 싸움이 일어나면 무기를 잡고 여타 악신들을 압도할 정도로 활동하여 적의 피가 온 대지를 적시게 할 정도로 전투를 즐겨하였다.

그러한 성정 덕에 그녀는 악신에서 마계를 지키는 72마왕이 스스로를 낮춰, 끊임없이 유혹하고 정염을 일으키며 피를 갈망하는 전투의 대지를 다스리게 되었다.

죽음과 재생의 마왕인 그녀가 소환된 것이었다. 어떠한 거창한 소환 의식도 없이 지극히 단순한 손동작에 의해서 말이다.

"오호홋! 좋구나. 오랜만에 피에 흠뻑 젖어들 수 있겠구나. 한데……."

그녀는 하늘 높이 얼굴을 들어 진심으로 기뻐하고 있었다. 그런데 그녀의 코끝을 간지는 지독한 냄새에 인상을 살풋 찌푸리는 이슈타르였다.

"이 냄새. 이 미친 냄새. 미친 투쟁의 냄새. 광란왕이 현신했던 것인가?"

"그는……."

"멍청한 놈. 소멸되었군."

퀸이 답을 하기도 전에 이슈타르는 광란왕의 소멸을 알고 있었다.

"그랬던가? 그러하기에 그가 동면에 든 것인가?"

그제야 알겠다는 듯이 고개를 주억거리는 이슈타르였다.

하나, 이내 그녀는 강렬한 투쟁심이 이는 것을 느꼈다.

"누군가? 아무리 본신의 2할밖에 안 되는 힘으로 현세하였다 하지만 그 싸움에 미친놈을 소멸할 정도의 실력자가?"

혼자 진득한 미소를 떠올리며 웃는 이슈타르였다. 재미있는 것이었다. 무료한 마계를 벗어나 보잘것없다던 중간계로 현세했다. 단지 무료함을 달래기 위해서 말이다. 그런데 생각지도 못한 강렬한 흥미와 투지가 일고 있었다.

그녀는 즉각 자신에게 잠식된 크리스티나의 영혼을 훑었다. 그리고 흥미로운 점을 발견했다. 향기를 느끼는 것과 향기에 접근하여 실체를 확인하는 것은 진정으로 달랐다.

"좋구나, 좋아. 애증이 교차되는 강렬한 욕망이 있어 이리도 영혼이 달콤하였구나. 하나, 용서할 수 없지 않은가?"

그녀는 미친 듯이 혼자 웃고 혼자 울고 혼자 분노했다. 순식간에 표정에서부터 말투, 그리고 행동거지까지 변해 버리는 이슈타르였다. 퀸과 제이슨, 그리고 마커스 원로는 그저 바라만 볼 뿐이었다.

어느 순간 미친 듯이 혼자 울고 웃던 이슈타르가 고개를 돌려 퀸을 바라보았다. 그리고 웃었다. 너무나도 포근하고 청순해 보이는 웃음이었다. 모든 유혹의 원천이라는 퀸마저도 흔들릴 정도의 미소였다.

"고맙군. 하면 바빠서 이만."

그 말과 함께 사라졌다. 말 그대로 존재 자체가 사라진 것이었다. 제멋대로에다 말괄량이 같은 모습이라 할 것이다. 그러한 이슈탈의 모습에 마커스 원로가 입을 열었다.

"어째… 조금."

"훗. 미덥지 않은가?"

"왠지 미친… 년을 보는 것 같아서……."

겸연쩍은 듯 입을 여는 마커스 원로였다. 그러한 마커스 원로를 슬쩍 바라보다 이내 의자에서 일어나 창문으로 다가가는 퀸이었다.

"그렇기는 하지요. 하지만 그것이 그녀를 더욱 무섭게 하는 것이지요. 그녀는 악신이었으나 스스로 답답함을 못 이겨 마왕의 자리를 차지한 이지요. 그녀가 지나간 곳에는 항상 피와 죽음이 존재했고요."

"크으음!"

퀸의 말에는 진한 혈향이 담겨져 있었다. 단순히 말만으로도 피 냄새가 진하게 풍겨져 나오는 것 같았다. 그에 마커스 원로는 침음성을 흘릴 수밖에 없었다.

"보이는 것이 다가 아니랍니다. 그녀로 인해 이 세계는 피로 물들 것이에요."

"너무… 위험하지 않겠는지요."

지금까지 조용히 뒤에 시립해 있던 제이슨이 입을 열었다.

"위험하지. 아주 위험해. 우리 밤의 일족조차도 감당할 수 없을 만큼 말이야."

"퀸이시여!"

화들짝 놀라는 마커스 원로와 제이슨이었다. 이건 위험한 생각이었다. 중간계가 없다면 자신도 없다. 다시 마계로 가기는 싫은 뱀파이어들이었다.

창밖을 내다보던 퀸의 신형이 돌아섰다. 그녀의 눈동자에는 핏발이 서 있었다. 어느새 눈동자는 붉음을 지나 검게 물들어가고 있었다. 핏기라고는 하나도 없는 창백한 얼굴과 날카롭게 빛나는 송곳니가 드러나 있었다.

'꿀꺽!'

순간 둘은 마른침을 삼킬 수밖에 없었다. 완벽하게 분노한 퀸의 모습이었다.

"오라버니. 나는 아직 잊지 않았어요. 그가 나의 남편과 나의 아이. 나의 아비와 어미. 나의 형제자매를 잔악하게 말려 죽이는 그 순간을 말이지요. 그는 모르겠지요. 내가 기억을 되찾은 것을 말이에요."

퀸의 말에 마커스 원로의 안색이 급속도로 창백해졌다. 마커스 그레이튼. 그의 본명은 마커스 바토리. 클레이튼 바토리 백작과 글로리아 바토리, 그리고 3명의 부인 사이에서 난 7남 8녀의 형제자매 중 장남과 장녀인 그들이었다.

멀고 먼 고대의 제국 중 유수한 가문이었던 그녀의 가문을 풍비박살 낸 것이 바로 뱀파이어 로드인 블라드 체페슈이였다.

그는 그녀와 그의 기억을 완벽하게 지웠다 생각했다. 하나, 세상에 완벽이란 있을 수 없었다. 게다가 뱀파이어 로드 블라드 체페슈이는 그녀와 그녀의 오라비인 마커스 그레이븐을 로얄 블러드로 받아들였다. 물론, 마커스 그레이븐이 퀸의 오라비라는 것은 그조차 몰랐다. 알 필요 없었으니까.

그 당시 뱀파이어 로드 블라드 체페슈이는 젊었다. 자신에게 반하는 모든 것을 다독이기보다는 제거하는 것을 즐겨하는 혈기 왕성한 자였다.

그리고 모든 과거가 희석될 만큼의 시간이 흘렀음에 블라드 체페슈이는 그 모든 것을 까마득하게 묻어두고 있었다.

하나, 그녀는 묻어두지 않았다. 되살리고 곱씹었다. 그리해서 지금에 이르렀다. 그녀의 한은 깊고도 깊어 그 어떤 것으로 메워지지 않을 것 같았다. 지금 이 순간에도 말이다.

"오라비 또한… 잊지 않았다."

그의 말에 그녀의 얼굴이 서서히 돌아왔다. 다시 안정을 되찾은 것이었다.

"이제 종말의 시간이 다가오고 있는 것이지요. 내가 죽더라도 종말을 피할 수 없을 것이에요."

그녀는 홀로 중얼거렸다. 광기 어린 퀸의 모습에 제이슨과 마커스 원로의 얼굴은 침중하게 굳어져 갔다.

'저것은 광기다. 세상의 모든 것을 파멸로 이끌 광기 말이다.'

'어쩌다, 어쩌다 그리도 순수하였던 그녀가……'

마커스 원로와 제이슨이 침중해지는 이유는 그것이었다. 위험했다. 너무 위험했다. 하나, 그러함에도 어쩔 수 없었다. 그들은 마치 깊고 깊은 늪에 빠진 듯 그녀로부터 헤어날 수 없었다.

이 세상이 멸망한다 할지라도 말이다.

*　　　*　　　*

"개전을 선포하는 전령이 도착했사옵니다."

"전령? 전령이라……"

전령이라는 말에 제논의 입꼬리가 말려 올라갔다. 전령이 아니라 그들은 사신이라 했을 것이다. 하나, 군무 대신을 역임하고 있으면서도 여전히 자신의 군사임을 자청하는 드라기 백작은 그들을 전령이라 고했다.

사신은 그들이 왕국을 형성했다는 것을 의미하고, 전령이라 함은 그저 귀족으로서 영지전에 준하는 전쟁을 할 경우를 의미했다. 이는 드라기 백작이 그들을 인정하지 않는다는 말이었다.

그것은 제논 또한 마찬가지였다. 그들은 정식으로 왕국을 선포하지 않았다. 그들은 여전히 코린 왕국의 공작이며 후작이며 백작인 존재일 뿐이었다.

"들이시오."

"명을 받드옵니다."

드라기 백작이 제논의 명을 받아들였다.

"전령을 들라 하라!"

드라기 백작이 외쳤다. 그에 모든 정사를 보는 회의실의 거대하고 웅장한 문을 기사들이 밀어젖혔다.

그르르르. 쿠웅!

육중한 소리를 내며 열리는 회의실의 문. 그 문으로 모든 시선이 쏠렸다. 회의실 좌우로 벌려 시립하고 있던 모든 이의 시선을 모으며 한 명의 여인이 서서히 걸어 들어오고 있었다.

제논의 눈이 살짝 커졌다.

그러한 제논을 드라기 백작과 들라클루아 후작이 걱정스러운 듯 슬쩍 훑어보았다. 하나, 그뿐이었다. 그 외 그들이 걱정하는 어떠한 행동조차 보이지 않는 제논이었다.

마치 자신과는 아무런 관계가 없다는 것을 대변이라도 하듯이 말이다. 그래서 그들은 더욱 마음을 졸일 수밖에 없었다. 그들은 알고 있었다. 지금 거대하고 육중한 문을 열고 들어오는 이가 누구인지 말이다.

전령으로 회의실로 들어오는 이는 크리스티나 오브레임 후작 부인이었다. 원래 그런 것인지 아닌지는 모르나 회색빛깔 나는 머리카락과 창백한 얼굴, 그리고 회색으로 빛나는 동공까지.

거기에 칠흑의 어둠을 상징하듯 전신의 굴곡이 그대로 드러나 보이는 검은색의 드레스. 그녀는 자신에게 머무는 시선을 즐기기라도 하듯이 천천히 걸음을 옮겼다.

그녀가 걸음을 옮겨감에 수많은 귀족과 기사의 눈동자가 함께 움직였다. 그리고 마침내 그녀가 가장 높은 자리에서 회의실 전체를 내려다보고 있는 제논의 앞에 섰다.

"코린 왕국의 영광을 재현키 위한 귀족들의 대연합. 영광의 재건에서 제논 패트리아스 백작에게 전하는 전언이오."

그녀는 허리를 꼿꼿하게 세우고 당당하게 말을 하고 있었다. 그녀의 언사는 결코 제논을 코린 왕국의 지존으로 인정하지 않는다는 것을 의미하고 있었다.

"저, 저……."

"가, 감히……."

"어찌 코린 왕국의 유일한 지존이신 국왕 전하께 불경한 언사인가? 정녕 죽고 싶은 것인가?"

드라클루아 후작이 발끈하며 나섰다. 그에 크리스티나의 시선이 들라크루아 후작에게로 향했다. 창백한 그녀의 얼굴에 붉은 입술이 가는 실선을 그리며 휘어졌다.

"분명 사신으로 왔소. 한데 전령으로 전함은 본 영광의 재건 연합을 인정치 못함이란 것. 하면, 본 영광의 재건 연합 역시 역성으로 찬탈한 왕위를 인정할 수 없지요."

"무, 무어라!"

들라크루아 후작이 대노하여 딱딱하게 얼굴을 굳히며 노호성을 터뜨렸다.

"그만!"

"하나! 전하!"

"그만하시구려."

제논의 제지에 들라크루아 후작은 어쩔 수 없이 자리로 돌아갔으나 여전히 분이 풀리지 않는지 씩씩거리며 크리스티나를 쏘아보았다.

그러한 들라크루아 후작에게는 전혀 개의치 않는다는 듯이 슬며시 입꼬리를 말아 올린 크리스티나는 허리를 굽히지도 않은 채 고개를 들어 상단을 쳐다보았다.

"어차피 피를 흘리며 싸워야 할 상대. 굳이 예를 차릴 필요는 없지. 선전포고를 위한 전령이라고 했던가? 전서를 받지."

제논의 태도는 오히려 크리스티나보다 더 싸늘했다. 그 역시 그녀를 그냥 전령으로 취급했다. 칙사나 사신의 일원으로 대하지 않고 그저 전쟁에서의 적으로 대하고 있는 것이었다.

"……."

그런 제논의 태도에 크리스티나 역시 차갑게 얼굴을 굳히며 손의 칙서를 들어 올렸다. 그녀 곁으로 다가온 귀족 한 명이 그 칙서를 받으려 하자 크리스티나는 그 귀족을 무시하고 손을 뒤집어 칙서를 손바닥 위에 올려놓았다.

그리고 차갑게 웃었다.

그에 그녀의 손바닥 위에 올려진 칙사가 두둥실 떠올랐고 아주 서서히 제논을 향해 전진하기 시작했다. 이것은 참으로 힘든 일이었다. 마나의 수발이 극에 이르지 않는 이상, 혹은 마나가 넘치지 않는 한 절대 힘든 일이었다.

빠르게 가는 것은 누구나 가능했다. 많은 마나도, 그것을 정밀하게 다룰 필요도 없었다. 하나 평소보다 느리게, 거의 움직이지도 않는 것처럼 움직여 10여 미터 앞에 있는 이에게 보내는 것은 지극히 어려웠다.

문관 귀족들은 알 수 없으나 무관 귀족이나 기사들은 안다. 지금 크리스티나가 보여주는 일련의 행동이 얼마나 힘든 일인가를 말이다. 그리고 그들은 느낄 수 있었다.

'무력시위인가?'

그러했다.

크리스티나는 지금 무력시위를 하는 것이었다. 우리가 이 정도의 전력을 가지고 있다, 너희는 어떠냐, 나는 일개 전령일 뿐이거늘 이만큼 할 줄 안다는 것을 의미했다.

"어따~ 그 전서 겁나게 무겁나비네. 형님 전하께서 지겨울 것 같으니 내가 가져다 드리지."

그러면서 나서는 이가 있었으니 그는 바로 스웬슨이었다. 스웬슨이 제논에게로 천천히 날아가는 전서를 향해 손을 뻗었다. 그러자 전서는 방향을 틀어 스웬슨에게로 향했다.

크리스티나의 안색이 살짝 틀어졌다. 전력을 다하지 않았으나 여느 기사들과는 차원이 다른 강대한 마력이 깃든 자신의 행동이었다. 그런데 그것을 아무렇지도 않게 흘리며 전서를 받아 드는 이가 있을 줄은 몰랐기 때문이다.

하지만 크리스티나는 날카롭게 웃었다. 물론 입은 웃을지라도 눈은 웃지 않고 있었다. 회색빛이 더해지며 더욱 음험하게 변하고 있었다.

스웬슨은 그 순간 느낄 수 있었다. 더욱더 강력한 힘이 전서에 전해지고 있음을 말이다. 하나, 스웬슨은 코웃음 쳤다. 이 정도도 감내하지 못한다면 지금의 자신이 있을 수 없으니 말이다.

스웬슨은 힘을 흘렸다. 전서에 투영되던 바위와도 같은 힘이 일순 갈 곳을 몰라 미끄러지듯 사방으로 흩어졌다. 그때 그것을 상쇄하는 힘이 있었으니, 그 힘을 느낀 크리스티나의 눈동자가 커지며 제논을 쏘아보았다.

턱!

"별로 무겁지도 않구만."

간단하게 말을 하며 전서를 쥔 스웬슨은 살짝 볼을 붉은 후 제논의 앞으로 나가 두 손으로 바쳤다. 제논은 말없이 스웬슨의 손에 들린 전서를 받아 읽어 내려갔다.

그리고 이미 그 내용을 짐작이나 하고 있었다는 듯이 별다른 반응조차 보이지 않았다. 오히려 그의 표정을 바라보는 크리스티나의 얼굴이 꿈틀거릴 정도였다.

크리스티나는 전서의 내용을 안다. 전서에 담겨져 있는 대부분의 내용은 상대를 지극히 비하하고 폄하하는 것이었다. 도저히 선전포고를 위한 전서라 볼 수 없을 정도로 말이다.

그러한 내용을 읽으면서 어떠한 반응도 보이지 않는 제논의 모습이 오히려 생경하게 느껴질 정도였다. 하지만 이내 그녀의 얼굴에는 의미심장한 웃음이 떠오르고 있었다.

아니, 그녀는 이곳에 들어온 이래 단 한 번도 미소를 잃은 적이 없었다. 들라크루아 후작과 말싸움을 할 때에도, 제논에게 전서를 전하며 무력시위를 할 때에도 말이다.

"전하라. 수락한다고."

마침내 제논의 입에서 전쟁을 수락하는 말이 떨어졌다. 그에 이미 각오하고 이 상황을 짐작한 귀족들 역시 크게 숨을 들이쉬었다. 드디어 전쟁의 서막이 오른 것이었다.

"알겠어요. 부디 행운을."

"난 그대들에게 빌어줄 행운이 없군. 전쟁에 앞서 고운 말은 필요 없으니. 모조리 죽여주지."

"호홋! 듣던 중 반가운 소리군요. 그대들의 피가 강을 이룰 것이에요."

"그 강바닥에 너희의 시체가 넘치도록 해주마."

"오호호홋! 멋진 말."

크리스티나의 말에 귀족들은 인상을 찌푸렸다. 그들은 마치 미친년을 바라보듯 보고 있었다. 말이 전령이지, 그녀는 전령이 아니었다.

"혹시나 말인데……."

"아직 할 말이 남았나?"

제논이 물었다. 그에 크리스티나가 그를 바라보았다. 고혹적인 회색의 눈동자가 제논의 모습을 가득 담았다.

"아직도 날 사랑하나요?"

"사랑?"

"그래요."

그녀는 대담하게 물었다. 이곳이 적지임을 알면서도 말이다. 그것도 아주 사사로운 질문이었다. 귀족들은 이 어처구니

없는 상황에 대해 아무런 반응도 하지 못한 채 그저 멍하게 둘의 대화를 들을 수밖에 없었다.

"그대가 과거의 그녀가 아니듯 나 또한 과거의 내가 아니다."

제논의 말에는 많은 뜻이 포함되어 있었다. 크리스티나는 잠시 몸을 떨었다. 과거의 그녀란 무엇일까?

'설마 나의 존재를 아는 것인가?'

크리스티나의 시선이 제논을 뚫어지게 쳐다보았다. 제논 역시 그러한 크리스티나의 시선을 피하지 않고 정면으로 바라보았다. 둘의 시선이 부딪히며 소용돌이가 일었다.

'역시… 인간의 눈이 아니런가?'

그러했다.

제논은 그녀가 이곳에 들어올 때부터 느낄 수 있었다. 지독히도 달콤하지만 그 속에 말할 수 없는 퇴폐적인 힘과 잔인하도록 광폭한 힘이 숨어 있음을 말이다.

결코 인간으로서 드러낼 수 없는 그런 느낌. 그렇다고 뱀파이어의 그것 역시 아니었다. 제논은 뱀파이어 퀸 또한 만나보았으니까. 지금 제논이 크리스티나에게서 느끼는 것은 광란왕을 마주했을 때의 그런 느낌이었다.

그가 이리도 마왕들에게 미세하게 반응하는 것은 바로 그가 광란왕의 사념체를 통해 오랫동안 조종을 당했고, 그 사념체를 이겨내고 그것이 전해준 모든 것을 받아들일 수 있었기 때문이었다.

그러니 마계의 존재들이 실제 어떤 모습을 하더라도 결코 그의 눈을 속일 수 없음이었다.

"나를 아는 것이더냐?"

"너와 같은 존재를 소멸시킨 적이 있지."

"훗! 그것이 너였던가?"

"몰랐나? 나는 다 아는 줄 알았지."

그런 것도 모르냐는 듯이 퉁명스럽게 대꾸하는 제논이었다. 마왕이면 그 정도쯤은 말을 안 해도 그냥 알아야 하는 것 아니냐는 투였다.

"큭. 귀엽군."

"별. 나이 50이 넘는 사람을 귀엽다고 하다니. 상당히 독특한 취향이로군. 나하고는 안 맞아."

"크큭, 크호호홋!"

그녀가 웃었다. 고개를 하늘로 향하고 목젖이 보이도록 웃었다. 주변에서 자신을 어떻게 보는지, 어떻게 생각하는지에 대한 것은 관심도 없다는 듯이 자신이 하고 싶은 대로 하고 있었다.

"좋아, 좋아. 그 정도는 되어야지. 오늘 만남은 상당히 유익하군. 그럼 두 달 후에 보지."

크리스티나는 신형을 돌려세웠다. 들어올 때처럼 나갈 때 역시 당당한 걸음걸이였다. 보통의 사람이라면, 아니, 기사나 귀족들이라고 해도 절대 적진에서 보일 수 없는 그런 행동이었다.

귀족들은 멍하니 그녀를 바라보았다. 하지만 스웬슨과 더글라스 후작, 그리고 안토노프는 근심스럽게 제논을 바라보았다. 그들의 근심은 다른 것이 아니었다. 바로 크리스티나 그녀라는 존재 자체였다.

"들었을 것이오. 정확히 두 달 후 아국은 자칭 영광의 재건 연합과 전쟁을 하게 될 것이오. 이에 비상사태를 선언하니 모든 병력과 행정은 두 달 후의 전쟁에 초점을 맞추도록 하시오."

"명을 받드옵니다."

그렇게 회의가 끝이 났다. 회의 같지도 않은 회의에 전령 같지 않은 전령의 선전포고까지 더하여서 말이다. 귀족들이 모두 회의실을 나가고 제논은 자신의 집무실로 걸음을 옮겼다.

그가 집무실 의자에 앉자 왕국을 운영하는 핵심 인사들 역시 자리에 앉았다. 들라크루아 후작과 안톤 백작, 드라기 백작, 겜블 백작, 스웬슨 후작, 더글라스 후작, 안토노프 공작 등 모두가 한자리에 모였다.

가장 먼저 입을 연 것은 역시 안토노프 공작이었다. 그는 제논이 왕위에 오르자마자 곧바로 공작으로 임명되었다. 비록 영지는 없지만 휘하에 그를 따르는 라이칸 군단을 두어 유사시 독자적인 군사 행동권을 주었다.

"역시… 그녀는 광란왕과 같은 존재였소?"

그는 제논에게 극존칭을 하지 않았다. 그는 라이칸 슬로프지만 인간의 편의 방식으로 나눌 수 없는 존재였다. 그의 존재에 대해서는 이미 이곳에 있는 모든 이들이 알고 있으니 그의 언사를 꼬투리 잡는 이는 없었다.

다만, 그의 입에서 광란왕이라는 말이 나오자 들라크루아 후작이 물었다.

"광란왕?"

"마계 72마왕 중 한 명입니다. 헤밀턴 공작이 뱀파이어가 된 후 누군가의 수작으로 인해 헤밀턴 공작이 그의 숙주가 되었습니다."

"허어~ 그런."

아주 간략하지만 너무나도 정확한 설명이었다. 드라기 백작의 설명에 들라크루아 후작은 그저 혀를 찰 뿐이었다. 뱀파이어나 라이칸 슬로프도 놀랍거늘 이번에는 마계의 72마왕이란다. 도대체 지금의 상황이 어떻게 돌아가는 머리가 복잡해지는 들라크루아 후작이었다.

"뱀파이어는 기본적으로 마계의 존재. 그러한 이들이 중간계에 정착하였다 하여 본성이 사라지는 것은 아닙니다. 그리고 뱀파이어는 기본적으로 흑마법의 종주라 할 수 있는 종족이지요."

"하면, 과거 마도나 신화시대처럼 뱀파이어들이 마계의 마왕을 소환했다는 것이오?"

"바로 그렇습니다."

"허어~"

들라크루아 후작은 헛바람을 일으킬 수밖에 없었다. 그는 뱀파이어나 라이칸 슬로프에 대해서 많은 것을 알고 있었다. 그리고 마계나 마왕이라는 족속에 관해서도 말이다.

그의 가문이 몇 대에 걸쳐 코린 왕국의 재상으로 머문 이유는 바로 마법사는 아니나 깊고 넓은 학식 덕분이라 할 수 있었다. 한마디로 들라크루아 후작 가문은 현자의 가문이라 할 수 있었다.

그러하기에 지금의 상황에 대한 이해가 상당히 빠르다 할 수 있었다. 그리고 지금의 상황이 그저 자신이 속한 이 코린 왕국만의 상황이 아닐 수 있다는 것까지 본능적으로 깨닫고 있었다.

"그렇습니다. 그녀는 이미 크리스티나 오브레임이 아닌 그녀의 가죽을 뒤집어쓴 마계의 마왕이었습니다."

"허어~"

마침내 제논이 입을 열었다. 그에 드라클루아 후작은 열린 입을 다물지 못했다. 그의 얼굴은 딱딱하게 굳어져 가고 있었다. 도대체 방법이 없어 보였기 때문이다.

제논은 깊은 생각에 잠겨 들었다. 지금의 상황은 퀸에게 듣지 못하였다. 퀸은 지금도 자신에게 끊임없이 정보를 제공하고 있었다. 그 정보는 실로 정확하여 과연 적이 아닌 아군이라고 할 수 있을 정도였다.

하나 이상했다. 광란왕도 그러하고 이번에 전령으로 온 크리스티나도 그러했다. 그리고 결정적으로 헤밀턴 공작이 죽어가면서 자신에게 남긴 말이 여전히 귓가에 맴돌았다.

물론, 자신도 그녀를 믿지 않는다. 그저 서로 목적이 맞아 서로를 이용할 뿐이었다. 대가를 받고 말이다. 그런데 점점 더 그녀에 대한 의문이 깊어져만 갔다.

"주변 왕국에 도움을 청해야 하지 않겠습니까?"

"주변 왕국 어디에 말입니까?"

드라클루아 후작은 주변 왕국에 도움을 청하자 했다. 하나, 드라기 백작은 회의적으로 물었다. 그에 드라클루아 후작은 입을 닫을 수밖에 없었다. 어느 왕국이 뱀파이어 왕국인지 알 도리가 없다.

그리고 도대체 몇 개의 왕국이 뱀파이어 왕국에 넘어갔는지도 모른다. 제국? 제국이 일개 왕국의 내란에 관여할 이유가 없었다.

물론, 제국이 침략과 확장의 야욕이 있다면 문제는 달라질 것이다. 하나 늑대를 피하자고 호랑이를 들일 수는 없었다. 그것만큼 어리석은 일은 없으니 말이다.

일단은 자체적으로 해결해야만 했다. 그래서 물증을 잡고, 그 물증으로 주변 왕국과 교류하면서 면밀하게 살펴야 했다.

하지만 중요한 것은 당면한 문제일 것이다. 지금이 가장 문제였다. 반으로 갈라진 왕국을 다시 하나로 합쳐야 할 것이고, 뱀파이어를 물리쳐야만 했다. 그것이 가장 힘든 문제였다.

도무지 해법이 보이지 않았다. 고개를 좌우로 젓던 들라크루아 후작이 문득 홀로 생각에 잠긴 제논을 바라보았다.

50대라면 결코 젊은 나이의 왕이 아니었다. 그러함에도 백발에 어울리는 너무나도 젊은 얼굴을 하고 있는 현 국왕이었다. 그의 얼굴을 보고 있자면 그저 당연하다는 듯한 생각이 들었다. 어쩌면 그로 하여금 이 모든 것이 물 흐르듯 자연스럽게 해결될 것 같은 느낌이 들었다.

"당분간… 자리를 비워야 할 듯합니다."

"그 무슨……."

모두들 해연히 놀랐다. 전쟁이 두 달밖에 남지 않았다. 그런데 그사이 왕국의 구심점이 자리를 비우다니 어디 말이나 되는 소리인가?

"원군을 청하기 위해서입니다."

"원군이라니요. 제가 알기로는……."

"클라렌스 프라네리온 백작을 찾아 나서고자 합니다. 만약 두 달 안에 그녀를 찾지 못한다면 어쩌면 이번 전쟁은 진정으로 힘들어질지 모를 일입니다."

제논의 말에 모두 입을 다물었다. 들라크루아 후작은 갑작스럽게 무거워진 분위기에, 또한 자신이 알지 못하는 무슨 사정이 있음을 알고 침묵을 지켰다.

"두 달 안에 돌아오실 것이옵니까?"

"찾든 못 찾든 돌아올 것입니다."

"알겠사옵니다."

"그럼 부탁드립니다."

제논은 왕관을 벗고, 왕의 상징인 그리폰의 홀을 내려놓았다. 그리고 코린 왕국의 국왕임을 표시하는 모든 것을 내려놓고 있었다. 그저 수수한 차림으로 돌아온 제논.

그는 창문을 열고 섰다. 그리고 마치 한가하게 산책을 하듯 허공을 밟아 걸어 나갔다. 놀란 것은 역시 들라크루아 후작뿐이었다. 다른 이들은 그저 담담하게 그 모습을 지켜볼 뿐이었다.

'나는 아직 국왕 전하에 대해 참으로 많은 것을 모르는 구나.'

들라크루아 후작은 그렇게 생각했다. 당금의 국왕은 어쩌면 자신이 생각하는 이상으로 훨씬 대단하고 위대한 인물일지 몰랐다. 그리고 자신은 그러한 그를 너무나도 모르고 있었다.

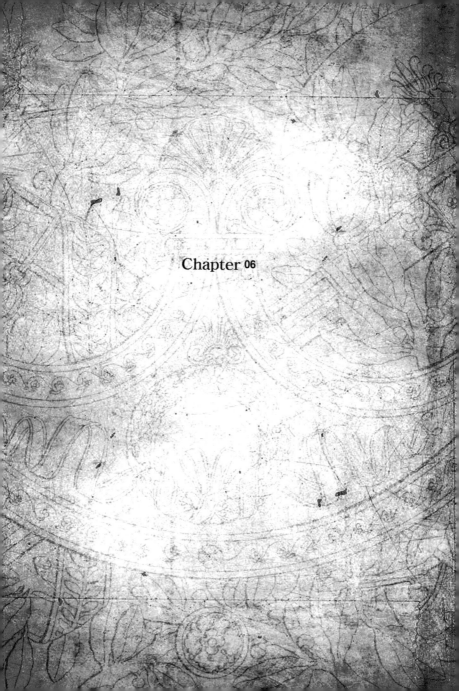

Chapter 06

제논은 끊임없이 북으로 향했다. 앞길을 가로막는 것은 없었다. 애초에 육상으로 움직이는 것이 아니라 하늘을 날아 움직이고 있었기에 그를 발견할 수 있는 사람은 없었기 때문이다.

　비가 오면 비를 맞고 바람이 불면 바람을 벗 삼아 끊임없이 이동했다. 봄에서 여름으로 향해 가는 계절의 기운이 그의 전신을 감싸고 있었다. 하나, 북으로 갈수록 그러한 계절의 변동은 하나로 귀결되고 있었다.

　계절은 여름으로 가고 있거늘 북쪽은 여전히 차갑고 매서운 바람이 불고 있었다. 멀리 눈부시게 반짝이는 빙산이 보였고, 나무들조차 새하얗고 무거운 갑옷을 입은 채 그 속으로 녹색의 푸르름을 간직하고 있었다.

제논은 허공에서 잠시 걸음을 멈춰 세웠다. 그가 바라보는 곳. 그곳에는 구름조차 허리 아래에 두고 끝도 없이 솟아 있는 거대한 산봉우리들이 두 눈을 가득 채우고 있었다.

대륙의 지붕이라 불리는 태고의 산맥.

바로 엘더리스트 산맥이었다.

모든 산맥과 강은 바로 이 엘더리스트 산맥에서부터 출발했으며, 인간들에게 전해지는 모든 전설의 근원이었다. 또한, 길고 장구한 세월 동안 인간의 손길을 거부하는 유일한 산맥이라 할 수 있었다.

제논은 마치 오랜만이라는 듯이 크게 숨을 들이쉬었다. 어떤 향기를 들이키듯이 말이다. 제논은 그런 상태로 잠시 허공에 정지해 있었다. 그리고 서서히 다시 신형을 움직이기 시작했다.

그에게 있어서는 아주 천천히 움직이는 것이었으나 신형은 마치 공간과 공간을 접어가듯 이동하고 있었다. 방금 전 보였던 그의 모습은 어느새 까마득히 먼 곳에 모습을 드러내고 있었다.

그리고 엘더리스트 산맥의 가장 높은 봉우리가 자리하고

있는 네버레스트 산의 초입에서 걸음을 멈춰 세운 후 서서히 하강하기 시작했다.

제논은 네버레스트 산을 바라보았다. 만년설이 뒤덮은 산봉우리. 어찌나 높은지 그 모습조차 제대로 보여주고 있지 않았다. 제논이 볼 수 있는 곳은 겨우 네버레스트 산의 중간 지점 정도였다.

그 위로는 짙은 운무에 가려 도저히 꿰뚫어볼 수 없을 정도였다. 어찌 보면 그 신비로운 자태를 쉽게 허락하지 않겠다는 의지와 같은 모습이었다. 그러한 웅장하고 신비한 네버레스트 산을 한참 동안 지켜보던 제논이 걸음을 옮겼다.

휘우우웅!

살을 에는 듯한 바람이 산 전체를 감싸고 있었다. 지금 제논이 있는 곳은 네버레스트 산의 초입. 초입이라고는 하나 이미 1천 미터를 넘어가는 고지였다.

그래서인지 푸름을 자랑하는 나무조차 제대로 성장하지 못하고 구불구불하게 바위틈을 비집고 자라고 있었고, 그 크기 역시 저 아래 존재하는 아름드리나무의 절반에도 미치지 못했다.

하나, 그러함에도 불구하고 침엽수가 끊임없이 연결되어 있었고 만년설이라는 갑옷을 두른 채 제논의 움직임을 방해하고 있었다. 천연의 방어막이라는 것을 증명이라도 하듯이 말이다.

허벅지까지 푹푹 빠지는 길과 이미 단단하게 굳어 바위처럼 변해 버린 얼음 덩어리가 지천으로 널려 있었다. 세상이 온통 백색의 공간이 되어버렸다. 그러한 곳을 제논은 마치 미끄러지듯 움직이고 있었다.

제논은 눈 위를 걷고 있었다. 하나, 눈 위에는 어떠한 발자국조차 남아 있지 않았다. 실로 경이롭기 그지없는 움직임이라 할 것이었다.

사흘 밤과 사흘의 낮이 흘러갔다. 그러나 제논은 아직도 산 중턱에 도달하지 못하고 있었다. 웬일인지 제논은 같은 자리를 계속 맴돌고 있을 뿐이었다. 평소였다면 당장에 이곳을 벗어났을 것이나 제논은 여전히 무표정하게 같은 자리를 걷고 있을 뿐이었다.

그리고 그러한 제논을 지켜보는 시선이 있었다. 산의 색깔과 똑같은 자. 혹은 바위와 똑같은 자. 또는 대지의 흙과 똑같은 자가 그렇게 사흘 밤낮 같은 자리를 맴도는 제논을 지켜보고 있었다.

그들 역시 사흘 밤낮 동안 제논을 지켜보았다. 한시도 자리를 벗어나지 않고 말이다. 만약 그들의 눈동자가 움직이지 않았다면 그저 나무이고, 바위였으며, 대지였을 것이라 느꼈을 것이다.

그들은 말없이 제논을 지켜보았다. 그러다 문득 그들의 눈동자가 멈춰 섰다. 사흘 내내 끊임없이 움직이던 제논이 신형을 멈춰 세웠기 때문이었다. 제논이 멈춰 섬에 그들의 눈동자도 멈추었다.

그들은 생각했다.

'드디어……'

'지친 건가?'

'오래 견뎠군.'

그들은 생각하고 있었다. 인간이 드디어 지쳐 쓰러질 것이라고 말이다. 여느 인간들과 다르게 조금 오래 버티기는 했지만 여전히 죽는다는 것에는 변함이 없음을 새삼 확인하고 있었다.

하나, 인간의 모습은 여전히 변동이 없었다. 순간 그 세 쌍의 눈동자는 지금 자신들이 바라보는 인간은 여태 경험했던 인간과는 많이 다르다는 것을 알 수 있었다.

우선 전혀 흐트러지지 않고 있었다. 거친 나뭇가지와 만년설로 뒤덮인 깊은 산. 살을 에는 듯한 바람에도 불구하고 인간은 처음 이곳에 들어왔을 때와 전혀 다르지 않은 모습을 유지하고 있었다.

또한 사흘 밤낮을 쉬지 않고 움직였음에도 땀방울조차 제대로 흘리지 않았고, 자신들조차 쉽게 견디기 힘든 이 추위

속에서 숨조차 차오르지 않고 고요하기만 했다.

그리고 결정적으로 자리에 멈춰선 인간은 한곳을 뚫어지게 바라보고 있었다. 그 인간이 바라보는 곳은 바로 자신들이 있는 장소였다. 절대 발견할 수 없는 자신들의 모습을 정확하게 바라보고 있었다.

'우리의……'

'위치를.'

'파악해?'

순간 만년설의 갑옷을 입은 나무가 움직였고, 바위가 움직였으며, 대지가 움직였다.

파바밧!

눈 깜짝할 사이 제논의 발치에 화살 한 대와 손도끼 한 개, 그리고 단검 한 자루가 박혀 있었다. 제논은 그것을 잠깐 일별한 후 여전히 자신의 앞을 바라보고 있었다.

"인간… 돌아가라!"

나무가 입을 열었다. 결코 호의적이지 않은 음성. 제논은 여전히 움직이지 않았다.

"돌아가라 했다!"

이번에는 조금 더 강경하고 걸걸한 목소리가 바위로부터 흘러나왔다. 그러나 여전히 미동조차 하지 않는 제논이었다. 그에 약간은 거칠고 분노한 음성을 가진 대지가 떨려왔다.

"경고를 무시한 자에게 죽음을……."

슈슈슛!

그 말이 떨어짐과 동시에 제논을 향해 쏟아지는 것이 있었으니, 열 대의 화살과 열 개의 손도끼, 그리고 열 자루의 단검이었다. 제논의 주요 요혈을 노리며 빛살보다 빠르게 다가오고 있었다.

하나, 빛살보다 빠르던 열 대의 화살과 열 개의 손도끼와 열 자루의 단검이 느려지기 시작했다. 마치 그 모든 것이 지나가는 공간에 무언가가 있어 가로막힌 듯 말이다.

전혀 다르게 쏘아져 나가는 자신들만의 무기에 세 존재의 눈동자는 커지기 시작했다. 도저히 있을 수 없는 일이었다. 자신들의 무기에는 자신들의 마나가 담겨져 있었다. 그것도 세 명이 합공을 한 공격이었다.

한데, 그 세 명의 공격을 마치 아무렇지도 않게 막아내고 있었다. 그들은 분명 무엇인가가 잘못 돌아가고 있다는 것을 느꼈으나 결코 인정할 수 없었다.

자신들은 인간들이 어찌 해볼 수 있는 그런 존재가 결코 아니었기 때문이다. 과거에도 그랬고, 현재에도 그랬으며, 미래에도 그러할 것이기 때문이었다.

투욱! 투둑!

그때 그들의 귓가로 들려오는 천둥 같은 소리. 바로 자신들이 날린 무기가 그 힘을 잃고 떨어져 내리는 소리였다. 그들은 이 믿을 수 없는 상황에 두 눈을 부릅뜰 수밖에 없었다.

'어찌······.'

'믿을 수 없는······.'

'인간이 어찌······.'

지금껏 쌓인 눈처럼, 혹은 두껍게 만들어진 얼음처럼 견고했던 그들의 평정심을 일시에 깨뜨리기에 충분했다.

뜨득! 투두두둑!

그들을 지켜주고 있던 얼음과 눈, 그리고 그들의 모습이었던 나무와 바위, 흙이 떨어져 나갔다. 그리고 드러나는 모습.

모두 세 명이었다. 키가 훌쩍 크고 날씬한 느낌을 가졌으며 인세에 보기 드문 아름다움을 지녔고, 인간보다 두 배는 큼직하고 뾰족한 귀를 가진 존재. 바로 엘프였다.

그리고 그런 엘프의 허리 정도밖에 차지 않는 키에 덥수룩한 수염과 굵은 선, 허리통만 한 건장한 팔뚝을 지니고 있는 존재. 인간으로서는 어림도 없을 정도의 거대한 배틀 엑스를 들고 있는 드워프.

마지막으로 드워프의 키와 엘프의 귀에 귀염성 있는 얼굴을 가진, 맨발에 털이 듬성듬성 나 있는 존재. 바로 노움이었다.

잊혀진 존재, 인세에는 존재하지 않는다는 그들이 지금 제논의 앞에 모습을 드러내고 있는 것이었다.

"그대들의 주인 된 존재를 만나고자 하오."

여전히 놀란 토끼 눈으로 제논을 바라보고 있던 그들의 귓가로 들려오는 제논의 담담한 목소리. 그러함에도 그들은 여전히 움직이지 못하고 있었다.

지금까지와는 전혀 다른 제논이라는 존재 때문이었다. 그는 가볍게 자신들의 공격을 막아내었고, 자신들을 보았음에도 전혀 놀라지 않고, 자신들에게 주인이라는 존재가 있음을 알고 있었다.

그러기를 한참. 그들은 드디어 정신을 차렸다. 엘프는 활을 들어 제논을 향해 시위를 당겼고, 손도끼를 던졌던 드워프는 자신의 키보다 더 큰 배틀 엑스를 위협적으로 들어 올렸다. 거기에 노움은 왼손에는 라운드 쉴드를, 오른손에는 시퍼런 마나가 깃들어 있는 짧은 글라디우스를 들었다. 완벽한 전투 태세였다.

"너는 누구냐!"

"인간들의 왕. 제논 패트리아스."

제논의 말에 안색을 굳히는 세 존재였다. 그들이 물음이 결코 그런 의미가 아님을 알고 있음에도 태연하게 말 그대로 답을 하는 제논이었다. 그러함에 그들은 얼굴을 굳힐 수밖에 없었다.

"경고는 한 번뿐. 죽고 싶지 않으면 돌아가라!"

"나 또한 두 번 말하지 않소. 그대들의 주인 된 존재를 만나고자 하오."

파바박!

세 존재와 제논의 사이에 바람이 일기 시작했다. 그들이 내뿜는 기운에 그들 사이에 존재하는 공간마저 바람을 일으키고 있었던 것이다.

"해보자는 건가? 좋지. 잊혀졌던 존재들의 실력을 보는 것도 말이야."

제논은 등 뒤에 걸어 두었던 창을 빼 들고 창끝을 대지에 살짝 대었다. 그리고 비스듬하게 자세를 잡으며 세 존재를 바라보았다. 그러한 제논의 모습을 세 존재는 어처구니없다는 듯이 바라보았으나 결코 긴장을 풀 수는 없었다.

일촉즉발의 상황.

"멈춰라!"

그 순간 한 명의 인물이 허공을 격하고 홀홀 떨어져 내리고 있었다. 등에 활을 둘러멘 인물이었다. 그 존재가 떨어져 내리자 제논에게 무기를 겨누고 견제하던 세 명은 금세 무기를 거두고 그를 향해 예를 취했다.

허공에서 떨어져 내린 이는 가볍게 고개를 끄덕여 그 세 존재의 예를 받았고 이내 제논을 향해 시선을 돌리더니 가볍게 고개를 숙였다. 그에 제논 역시 고개를 숙여 마주 예를 보여 줬다.

"미력하나마 잊혀진 존재들을 이끌고 있는 삼인회 중 한 명인 숲의 일족 제니스 클레이투스라 합니다."

"반갑습니다. 인간들의 왕국 중 코린 왕국의 왕으로 있는 제논 패트리아스라 합니다."

"오랜만의 방문인지라 당황했던 모양입니다. 너그럽게 보아주시길."

역시 달랐다. 한 무리를 이끄는 수장이란 바로 이러한 것일까? 물 흐르듯 상대를 대하는 것까지 결코 흠잡을 데 없는 자였다.

"이해합니다."

"고맙습니다. 하면, 가시지요."

"따르겠습니다."

제니스 클레이투스가 앞에 서고 제논이 뒤에 섰다. 제니스 클레이투스의 신형이 서서히 떠오르기 시작했다. 그리고 빠르게 움직여 나갔다. 말이 빠르게지, 속도는 가히 빛과 같아서 도저히 따라갈 수 없을 정도였다.

그는 제논을 신경 쓰지 않았다. 마치 따라올 것을 당연히 알고 있다는 듯이 말이다. 한참을 그렇게 내달리던 제니스 클레이투스는 슬쩍 자신의 뒤를 바라보았다.

그의 눈은 살짝 놀란 모습이 되었다. 인기척조차 느낄 수 없었다. 한데 자신의 뒤에 바짝 붙어서 움직이는 제논의 모습이 눈에 들어왔다. 그가 놀란 이유에는 그의 빠름도 있지만 따라오면서도 전혀 흐트러짐 없는 태도가 컸다.

'역시… 런가?'

제니스 클레이투스.

엘프들의 왕. 즉, 그는 하이 엘프다.

엘프들은 지극히 이성적인 종족. 쉽게 놀라거나 쉽게 상대를 인정하지 않는 종족이었다. 그러하기에 지극히 지고한 자존감을 가지고 있는 존재이기도 했다. 그러한 존재가 한 인간에게 놀라움이라는 느낌을 가진 것이다.

'일단은 조금 더…….'

제니스 클레이투스는 조금 더 속도를 올렸다. 하나 여전히 그를 바짝 쫓는 제논이었다. 그리고 마침내 제니스 클레이투스는 인간의 눈으로 확인할 수조차 없을 만큼의 속도로 움직여 나갔다.

그의 시선이 살짝 움직였다. 그리고 떨려왔다.

'도대체 이 인간은…….'

여전히 무표정하게, 그리고 땀 한 방울조차 흘리지 않고 평온한 모습을 유지하면서 자신을 따르는 인간 왕국의 왕을 바라볼 수 있었다.

"멀었습니까?"

지극히 빠른 속도로 움직이고 있음에도 불구하고 마치 평상시처럼 말을 걸어오는 인간 왕국이 왕이었다. 이쯤 되면 인정하지 않을 수 없었다.

"다 왔습니다."

"……."

말없이 고개를 끄덕이는 제논이었다.

'그는 진정으로 신비한 인물이로구나.'

그러했다. 몇천 년 만에 처음 만난 인간이라는 존재는 정말 신비하기 그지없었다.

엘프 중에서도 자신을 따를 자가 없었다. 물론 자신이 엘프들의 왕인 하이 엘프이기 때문이기도 했지만 가진 바 능력으로써는 절대 무시할 수 없는 자신이었다.

그런데 엘프나 드워프, 혹은 노움에게조차 그 능력적인 면에서 모든 것이 뒤진다는 인간이 자신과 동등한, 아니, 오히려 자신을 압도할지도 모를 굉장한 실력을 지녔다는 것에 대해 그는 진정으로 감탄하고 있었다.

그렇게 인간에 대해 새롭게 해석하고 끊임없는 호기심이 떠오르는 동안 그들은 마침내 도달했다. 바로 네버레스트 산의 정상에 있는 동굴이었다. 하나, 산의 정상이라 보기에는 너무나도 안온한 모습이었다. 전혀 다른 세계라 할 수 있었다.

"제가 안내할 수 있는 곳은 여기까지입니다."

"안내해 주셔서 고맙습니다."

제논은 가볍게 목례를 했다. 그에 가볍게 받아들이는 하이 엘프 제니스 클레이투스. 그와 인사를 나눈 제논은 몸을 돌려 주변의 만년설과는 전혀 다른 암흑의 동굴 속으로 걸음을 옮겨갔다.

그러한 제논을 말없이 지켜보는 하이 엘프 제니스 클레이투스.

"때가 온 것인가?"

그는 문득 하늘을 올려다보았다. 하늘 아래 가장 높은 산인 네버레스트의 산봉우리이나 여전히 하늘 아래 존재할 뿐이었다.

"그대에게 행운을."

하이 엘프 제니스 클레이투스가 자신에게 행운을 빌어주는 동안 제논은 침착하게 동굴 깊숙히 걸음을 옮기고 있었다. 동굴은 그저 일직선으로 길이 나 있었다.

마치 자신을 인도하듯 어두웠던 공간이 밝아지며 하나의 길이 나타나 제논을 인도하는 것 같았다. 제논은 말없이 그 빛과 길을 따라 걸음을 옮길 뿐이었다.

그러다 동굴의 끝에 다다랐는지 조금씩 동굴이 밝아져 왔고, 마침내 하나의 거대한 공동이 나타났다. 만년설이 뒤덮인 산 정상과는 전혀 다르게 기화요초가 가득하고 새와 나비, 혹은 요정들이 그 흉폭하다는 몬스터들과 어울리고 있는 곳이었다.

제논의 시선은 주변을 한 번 둘러보고 그 거대한 환상적인 공동의 중앙으로 향했다. 공동의 중앙에는 섬이 있었다. 말이 섬이지, 그저 주변을 둘러 작은 시내가 흘러 그 가운데 있을 뿐이었다.

그 섬 가운데 하나의 탁자가 있었고, 두 개의 의자가 있었으며 한 명의 여인이 앉아 있었다. 멀리서도 확연하게 드러나는 붉은 머리의 여인.

순간 제논은 멀리서 보이는 그 모습만으로도 확실하게 알 수 있었다.

'클라렌스…….'

원래 그녀보다 크고, 원래의 그녀와 다른 머리카락과, 원래의 그녀와 조금 다르게 변형된 얼굴임에도 불구하고 제논은 단박에 알아볼 수 있었다.

"후읍! 후우~"

제논은 크게 가슴을 부풀려 호흡을 한 후 걸음을 옮겨갔다. 분명 자신의 눈에 보이는 그녀는 클라렌스였지만 또한 클라렌스가 아니었다. 그녀는 클라렌스가 아닌 카르베이너스의 현신이라 할 수 있었음이니.

"어서 오게."

제논이 곁으로 다가서자 중성적인 목소리가 그녀의 입에서 흘러나왔다. 도무지 적응되지 않는 그런 모습이라고 할까? 그런 제논의 의중을 읽었는지 카르베이너스는 슬쩍 웃음을 떠올렸다.

"겉모습에 현혹되지 말게. 아니지, 그대에게는 내가 오히려 불청객과 같은 존재이던가?"

"어찌되었든 혼란스럽군요."

"그래, 그렇겠지. 일단은 앉게."

카르베이너스가 자리를 권하자 제논은 그의 혹은 그녀의 맞은편에 자리 잡았다. 제논이 자리를 잡자 카르베이너스는 손수 찻잔에 차를 채워주었다.

쪼르르.

상큼한 소리를 내며 찻잔에 부어진 찻물이 모락모락 김을 내었고, 그 김이 서리며 낸 향기가 정신을 맑게 하고 있었다.

"들게. 정신을 맑게 하고 입안을 개운하게 해주는 말리화를 말려 만든 차라네."

"......"

제논은 말없이 앞에 놓인 찻잔을 들어 차를 음미했다. 자신이 다급하면 다급할수록 더욱 상대는 느긋해진다는 것을 알고 있었다. 상대는 지금의 상황을 즐기고 있는 것이었다.

"좋군요."

"역시 그렇지?"

제논에 말에 동감한다는 듯이 말을 하는 카르베이너스였다. 제논은 차를 한 모금 음미한 후 찻잔을 내려놓고 지긋이 카르베이너스를 바라보았다. 그 모습을 본 카르베이너스는 살짝 미소를 떠올리며 입을 열었다.

"실은 조금 더 시간이 있을 줄 알았네. 이렇게 빠르게 올 줄은 몰랐지."

"상황이 그만큼 빨리 악화되었습니다."

제논의 말에 안색을 조금 굳히며 고개를 끄덕이는 카르베이너스였다.

"결국 그렇게 되는구만. 내 탓일까? 그때 그를 완전히 소멸시켰어야 하거늘."

카르베이너스는 한탄했다. 자책하듯 말이다. 보통의 사람이라면 자책하지 말라 했을지도 모르나 제논은 그 자책을 인정한다는 듯이 말이 없었다. 그런 제논의 태도에 오히려 시원하다는 듯 웃어 보이는 카르베이너스였다.

"자네는 확실히 여타의 인간과는 다르군."

"그렇다 하더라도 결코 인간의 범주에서 벗어날 수 없습니다."

"그러한가? 재미있군."

카르베이너스는 본론에 접근하지 않았다. 그저 변죽만 올리고 있었다. 하나 제논은 그런 카르베이너스의 의향에 동조하고 싶은 생각은 없었다. 시간이 없었기 때문이다.

"도움이 필요합니다."

"도움 말인가?"

"그러합니다."

"도울 수 있다고 보는가?"

"애초에 지금의 상황을 예견하였기에 여기에 있는 것이 아니십니까?"

그러했다. 카르베이너스는 예견했다. 때문에 그 스스로의 자책은 결코 자책이 아니었다. 후환이 있음을 알고 있음에도, 충분히 모든 것을 미연에 방지하고 종식시킬 수 있었음에도 그는 스스로 그렇게 하지 않은 것이었다.

어떻게 보면 지금의 상황을 그가 만들어냈다고 해도 과언이 아닐 것이다. 그 이유가 대체 무엇인지는 알 수 없었다. 다만, 제논은 어렴풋이 추측할 뿐이었다.

하나 그런 자신의 어렴풋한 추측을 결코 입 밖으로 내뱉지 않았다. 어찌되었든 지금은 카르베이너스의 도움이 절박했다. 한 손으로 열 손을 막을 수는 없는 법이다.

인간 스스로 모든 것을 버릴 수 없기에 안일함을 떨쳐내고 하나로 뭉쳤으나 그 힘이라는 것은 지금 인간들이 상대해야 할 적에 비하면 미약하기 그지없었다.

제논과 스웬슨, 더그라스 후작과 안토노프를 따른 라이칸 슬로프가 아무리 강하다 하더라도 결코 뱀파이어 전체와 그들을 따르는 라이칸 슬로프, 그리고 그들이 만들어낸 키메라 병단을 막는 데에는 결국 한계가 있게 마련이었다.

"물론 그러하지."

"하면 도와주십시오."

"하지만!"

말을 끊은 카르베이너스였다. 제논은 그러한 카르베이너스를 바라보았다.

"나는 저들을 강제할 수 없네. 그들을 끌어내기 위해서는 그들이 제시하는 시험에 합격해야 할 것이네."

그들의 주인임을 자청함에도 불구하고 그들에게 강제할 수 없다는 카르베이너스의 말이었다. 그것은 결국 네 스스로 그들을 이끌어 내보도록 하라는 시험과 같았다.

"그렇게 하지요."

"그럴 줄 알았지."

제논의 말에 만족하는 웃음을 지어 보이는 카르베이너스였다.

"그리고……."

"그 외 할 말이 있나?"

"클라렌스는 어찌 되었습니까?"

제논의 물음에 안색을 굳히는 카르베이너스였다. 엄밀히 말하면 지금의 육체는 자신의 육체가 아니었다. 다른 이의 정신을 점령하여 강제하고 있는 입장인 카르베이너스였다.

"그녀 스스로가 포기했다면 믿지 않겠지?"

"그녀 스스로가 포기했다면 나를 봄으로써 절대 그런 부드러운 반응을 보이지 않았을 것입니다."

"그녀는 너를 사랑한다고 생각하나?"

"그렇습니다."

"확신하나?"

"그렇습니다."

단답형의 질문과 대답이 반복되었다. 카르베이너스는 숨조차 돌릴 시간을 주지 않고 제논을 몰아붙였다.

"한데, 왜 잡지 않았나?"

"망설였기 때문입니다."

"몰랐나?"

"알았습니다."

"그런데 왜?"

"……."

짧게 대답할 수 없는 그런 문제였다. 잠시 말을 끊은 제논이었다. 카르베이너스는 그런 제논을 차분하게 바라보며 답을 기다렸다.

"그녀의 입장과 저의 입장, 특히 저의 현실적인 입장이 망설이게 만들었습니다. 그녀에게 어울리지 않을 내 자신과 어쩌면 그녀에게 평생 아픔을 간직하게 해야 할 내 운명에 대한 불안감 때문일 것입니다."

"……."

이번에는 카르베이너스가 입을 닫았다. 드래곤의 입장에서는 절대 용납조차 할 수 없는 말이었다. 하나, 카르베이너스는 그것을 이해하고 있었다. 가슴속 저 밑에서 알 수 없는 무언가가 치밀어 오르고 있었다.

"그녀를 사랑했기에 그녀 곁에 머무를 수 없었습니다. 나의 미래는 불안정했습니다. 언제 죽을지 몰랐으며, 과연 내가 인간으로서의 삶을 영위할 수 있을지도 몰랐습니다."

마치 독백을 하듯 말하는 제논이었다. 그는 지금 고백을 하고 있었다. 클라렌스에게 말이다.

"그녀에게 두 번의 아픔과 고통을 주기 싫었습니다. 그러하기에 망설일 수밖에 없었습니다. 그녀를 행복하게 해줄 자신이 없었기에. 그녀가 나를 먼저 떠나보내고 평생을 아픔 속에 살아갈 것에 대한 두려움 때문에."

"헌데, 어찌하여 다시 그녀를 찾는가?"

"그녀를… 사랑하기 때문입니다. 사랑은 그것조차도 포용

할 수 있어야 함을 알았기 때문입니다."

"끄으음."

앓는 소리를 내뱉는 카르베이너스였다. 그런데 그런 행동과는 전혀 다르게 그의 눈에서는 맑은 액체가 흘러나오고 있었다. 눈물이었다. 인간의 눈물. 그것은 바로 카르베이너스에게 정신을 빼앗긴 클라렌스의 눈물이었다.

그녀의 눈물을 본 제논은 어색하게 웃음을 떠올리고 일어섰다. 그녀의 눈에서 흘러내리는 눈물을 닦아주고 싶었지만 차마 그럴 수 없었다. 그는 신형을 돌려 세우며 입을 열었다.

"이번 일이 끝나면 그녀를 찾으러 오겠습니다. 그동안 그녀를 맡기겠습니다."

"언제든지……."

환영한다는 듯이 밝게 말을 하는 카르베이너스였으나 그녀의 입을 통해 흘러나오는 목소리는 울음에 잠겨 있었다. 제논은 느낄 수 있었다. 그녀가 살아나고 있음을 말이다.

카르베이너스에 의해 깊은 심연 속에 잠든 그녀가 다시 깨어나고 있었다. 지금 카르베이너스의 심연은 요동치고 있었다. 여유로움을 가장하고 있었으나 결코 여유롭지 못한 카르베이너스일 것이다.

제논은 동굴을 벗어났다. 카르베이너스, 아니, 클라렌스를 뒤로 남겨둔 채 말이다. 그리고 그러한 그를 맞이한 것은 세 명의 잊혀진 존재였다.

이미 한 번 통성명을 한 하이 엘프 제니스 클레이투스, 그리고 드워프의 왕인 불 카누스(Vul Canus), 노움들의 왕 멕그라노르 텔마플러그. 그 삼인이 제논을 맞이하고 있었다.

"흠, 인간! 정말 오랜만에 보는군."

"와우! 엘프보다 큰 존재가 있었다니. 말도 안 돼!"

땅딸막한 드워프와 그 드워프보다 조금 더 작은 노움. 그들은 엘프와는 전혀 다른 반응을 보이고 있었다. 마치 반갑다는 표정을 지어 보이는 드워프와 신기하다는 듯이 바라보는 노움이라는 존재였다.

"대화는 모두 끝나셨습니까?"

하이 엘프 제니스 클레이투스가 물었다. 그에 제논은 작게 고개를 끄덕였다.

"하면, 우리의 시험을 받아야 한다는 것 역시 알고 있겠군요."

"그렇소."

제논은 간단하게 답을 했다. 이미 이들도 알고 있는 사항이니 굳이 시간을 끌 필요는 없었다. 시간은 기다려 주지 않으니 말이다.

"지금 바로 시험을 치르시겠습니까?"

"그렇소."

"따라 오시지요."

하이 엘프 제니스 클레이투스가 앞으로 나섰다. 제논이 그 뒤를 따랐다. 그리고 제논의 좌우로 드워프와 노움이 섰다. 그때 노움이 물었다.

"위쪽 공기는 어떤가?"

"상쾌합니다."

"그래? 한번 맛볼 수 있을까?"

"얼마든지요."

그와 함께 노움을 가볍게 들어 올리는 제논이었다. 그리고 그대로 무등을 태웠다. 노움은 그가 가진 신분적인 위치나 혹은 나이에도 아랑곳하지 않고 환호성을 질렀다.

"우~화아! 그래! 이거야! 이거라구. 저기 멀대같이 생긴 엘프는 절대 무등을 태워주지 않지. 하지만 인간 친구는 거리 낌 없이 무등을 태워주는군. 우리 노움은 인간을 시험할 필요 없다. 무조건 도와준다."

노움의 왕 메그라노르 텔마플러그는 의외로 쉽게 결정을 내렸다. 노움은 원래 농사를 짓는 종족이었다. 대지 여신의 축복을 받은 종족. 그러하니 농사를 기본으로 삼고 있는 인간들에게 극히 호의적일 수밖에 없었다.

그때 제논의 옆에서 말없이 걸어가던 드워프의 왕 불 카누스가 입을 열었다.

"호오! 그 창! 멋지군."

그는 제논의 등 뒤에 메어진 창을 보며 감탄을 했다. 드워프는 무엇이든 만드는 것을 좋아했다. 그리고 자신이 만든 물건에 대한 자부심이 지독히도 강했다. 그러한 드워프 종족이 감탄을 할 만한 물건이란 정말 극히 드물었다. 그런데 제논이 메고 있는 창을 보며 감탄하고 있는 것이다.

그에 제논이 입을 열었다.

"이것도 있지요."

촤르르륵!

그때 제논의 소매를 감싸고 있던 은빛 쇠사슬이 풀려 나왔다. 눈부시게 아름다운 유연함에 드워프 왕 불 카누스는 감탄 어린 눈빛으로 은빛 나는 쇠사슬을 바라보았다.

"멋지군!"

"저도 그렇게 생각합니다."

"볼 수 있나?"

"아시다시피 시험이 있어서 말이지요."

"아! 그렇지. 우리 드워프의 시험은 통과했네. 창과 은빛 쇠사슬을 볼 수 있음에 말이지."

노움과 같이 호들갑스럽지는 않았지만 드워프 역시 시험 통과를 알려왔다. 그들이 이렇게 제논에게 호의적인 연유가 대체 무엇일까? 그것은 바로 제논의 주변을 감돌고 있는 정령의 기운 때문이었다.

정령은 지극히 순수한 존재. 그리고 노움이나 드워프 역시 지극히 순수한 존재였다. 제논은 사대 정령을 모두 다룰 수 있었음이다. 대지의 정령왕과 불의 정령왕 역시 다룰 수 있었음이니 그들이 호감을 가지지 않으려야 않을 수 없는 그런 상황이었다.

하지만 엘프는 달랐다. 호의적이면서도 여전히 시험을 강행하는, 감성보다는 이성에 전적으로 의존하는 그런 모습을 보이고 있었다.

하이 엘프 제니스 클레이투스는 제논을 커다란 공터로 안내했다. 그 공터에는 이미 많은 수의 엘프와 드워프, 그리고 노움이 몰려 있었다. 수천 년을 격하고 최초로 자신들이 공동체로 안내되어 온 인간을 보기 위해서였고, 그러한 인간을 돕기 위해 시험을 치른다는 말 때문일 것이다.

누천년 동안 전혀 변함없는 공동체. 그 공동체에 찾아든 인간은 실로 대단한 이야깃거리였고, 그러한 인간을 두고 시험을 한다는 것이 더욱더 그들의 호기심을 자극하고 있었다.

오연하고 차분하게 자리하고 있는 숲의 종족 엘프, 커다란 맥주 통을 한쪽에 높다랗게 쌓아놓고 시끌벅적하게 맥주를 들이켜는 드워프, 시끄러운 음악과 춤, 그리고 향긋한 음식으로 축제를 연상시키고 있는 노움들까지.

모든 잊혀진 종족이 자리하고 있었다. 하이 엘프는 제논을 잠깐 세워두고 공터의 중앙으로 나가 팔을 벌려 모두를 조용히 시킨 후 외쳤다.

"주인께서 말씀하셨다. 인간을 시험하고 시험을 통과한 인간의 소원을 들어주라 하셨다. 그에 우리는 이 자리에서 인간을 시험할 것이다. 먼저 우리 엘프 대전사 파라디수스 푸에르가 그를 시험할 것이다."

그에 한 명의 엘프가 엘프들 속에서 일어나 앞으로 나왔다. 전형적인 검사의 체형이었다. 그는 검과 활을 사용하는 듯 보였다. 하이 엘프가 엘프를 대표하여 시험을 치를 대전사를 소개하자 드워프의 왕과 노움의 왕이 앞으로 나서 차례로 입을 열었다.

"본 드워프들의 왕 불 카누스는 그가 이미 우리의 시험에 통과했음을 알리는 바이다."

"이유가 무엇입니까, 왕이시여!"

"스트롱 해머인가? 스트롱 해머, 그대 보아라. 그가 쥐고 있는 창과 은빛의 쇠사슬을."

그에 모든 드워프들의 시선이 제논의 손에 들린 창과 은빛 쇠사슬로 향했다. 그리고 그들의 입에서 동시에 감탄사가 튀어나왔다.

"오오~"

"그는 엘프들의 시험이 끝난 후 창과 은빛 쇠사슬을 잠시 동안 우리에게 보여줄 것이다. 어떠한가? 저 아름다운 은빛 쇠사슬과 멋진 창을 보고 싶지 않은가?"

"보고 싶습니다."

"우오오~"

드워프들은 그것으로 끝이었다. 그들은 자신들의 호기심을 자극하는 새로운 무기들을 보고는 다시 와자지껄 떠들고 웃으며 맥주잔을 들이켰다.

노움 역시 다르지 않았다. 노움의 왕은 그저 간단하게 말을 했다.

"엘프들처럼 높은 곳의 공기를 마시고 싶지 않은가?"

"마시고 싶소. 높은 곳에서 세상을 보고 싶소."

"이 인간은 엘프들보다 크다. 엘프보다 더 높은 곳에서 세상을 볼 수 있음이다."

"우오오~"

"본 왕은 이미 이 인간에게 호의를 가지고 있음에 노움의 시험은 통과했음이다. 어떠한가?"

"좋소."

"좋습니다. 왕이시여!"

그렇게 끝이 났다. 제논은 조용히 공터의 중앙으로 걸어갔다. 그리고 길게 창을 늘어뜨린 후 비스듬히 몸을 돌려 세워 이미 모든 시험을 거칠 준비가 완료되었음을 알렸다.

그에 엘프의 대전사가 일어섰다. 그는 공터의 끝에 들어선 후 제논에게 까딱 고개를 숙여 보였다. 제논 역시 보일 듯 말 듯 고개를 끄덕였다. 오라는 신호일 것이다.

엘프 대전사는 그렇게 받아들였다. 그는 검을 뽑지도 않은 채 등에 메어져 있던 활에 화살을 재고 제논에게로 날렸다. 날카로운 소리가 흘러나오며 화살이 연달아 제논을 향해 날았다.

그것이 끝이 아니었다. 세 발의 화살을 이은 엘프의 움직임. 엘프는 자신이 쏘아 보낸 화살과 같은 속도로 움직이고 있었다. 그리고 어느새 그의 허리춤에 달려 있던 검이 시퍼런 날을 드러내 보이며 양손에 들려져 있었다.

제논은 느릿하게 창의 끝을 들어 올렸고, 날아오는 화살촉을 향해 쭈욱 내뻗었다.

촤하아악!

그리고 부딪혔다.

또한, 갈라졌다. 정확하게 화살이 사등분되면서 네 조각이 났다. 한 발만이 아니라 세 발의 화살 모두가 그러했다. 총 열여섯 조각으로 정확하게 사분된 화살은 날아오는 힘을 못 이겨 사방으로 흩어지며 날카로운 소성을 남겼다.

엘프 대전사의 눈이 커졌다. 하나, 그의 신형은 여전히 멈추지 않았다. 오른손이 움직였고, 왼손이 빛을 뿌렸다. 수없이 많은 검상이 제논을 향해 쇄도해 들었다.

제논의 전면에서 빛을 뿌렸으니 당연히 제논의 전면에만 검의 형상이 맺혀야 할 것이다. 하나, 엘프 대전사가 뿌린 검상은 제논의 전신을 압박하고 있었다.

제논의 창이 다시 움직였다. 창이 움직임과 동시에 그의 창에 매달린 붉은 수실이 어지럽게 붉은 궤적을 남겼다. 어찌나 빠른지 붉은 궤적은 온통 그의 모습을 가리고 있었다.

따다다다당!

연속적인 쇠 울음이 들려왔다. 그 소리가 어찌나 굉량한지 와자지껄 떠들며 맥주잔을 높이 치켜드는 드워프들 혹은 축제처럼 시끌벅적하게 춤을 추고 먹고 마시던 노움들의 시선이 일제히 공터의 중앙으로 향했다.

붉은 원이 형성되고 그 붉은 원을 눈부신 검광이 뒤엎었다. 시퍼렇고 붉은 불똥이 튀어 올랐다. 그 불똥은 잘게 부서져 사방으로 흩날렸고, 그 아름다움에 엘프들마저 입을 벌리고 있었다.

엘프 대전사의 신형이 제논을 뛰어 넘어 느릿하게 제논의 뒤로 내려서고 있었다. 하나, 그것으로 엘프 대전사의 공격이 끝난 것이 아니었다. 지상에 착지하자마자 지상을 박차며 검을 X자로 교차한 후 힘차게 뿌렸다.

그 후 엘프 대전사의 신형은 사라졌다. 제논을 향해 거대한 X자의 검광이 덮쳐들었다. 마치 세상의 모든 것을 갈라 버리 겠다는 듯이 말이다. 지금까지와는 전혀 다른 압박이었다.

하나 제논은 침착하기 그지없었다. 그의 창이 거침없이 쏘 아져 나갔다. X자의 중심을 향해서 말이다. 제논의 창이 X자 의 중심에 다다르자 균열이 생겼다. 그리고 그 균열은 수백의 파편을 남기며 깨어져 나갔다.

꽈과가가강!

귀를 먹먹하게 할 정도의 거대한 폭음이 공터를 뒤흔들었 고, 단단하게 말라 있던 공터의 대지가 쩍쩍 갈라지며 몸부림 을 치기 시작했다.

그때 제논의 배후에서 검이 불쑥 튀어나왔다. 누구도 예상 치 못한 기습이었다. 하나 제논은 이미 알고 있었다는 듯이 몸을 돌리지도 않은 채 허리를 뒤로 젖히고 창으로 등 뒤에서 쇄도하는 검을 막아갔다.

카아아앙!

날카로운 소리가 흘러나왔다. 검 끝이 제논의 창대에 막혀 멈춰 섰고, 제논은 그대로 창을 대지에 박고 몸을 회전시켰 다.

촤르르륵!

공중에 거꾸로 머물고 있는 제논의 정수리를 향해 또 다른 검광이 눈부시게 빛났으며, 제논의 소매에서 그 검광을 감싸 부숴 버리는 부딪힘이 들려왔다.

바로 제논의 두 번째 무기인 은빛 쇠사슬이었다. 제논이 꺼낸 은빛 쇠사슬은 뱀의 그것처럼 은밀하고 신속했다. 검광을 제거하고 그 검광을 뿌린 주인을 찾아 날카로운 혀를 놀렸다.

"큭!"

아무것도 보이지 않는 공간에서 답답한 신음성이 토해져 나왔다. 그리고 튕기듯 물러나는 한 존재가 있었으니 입가에 약간의 선혈을 머금은 엘프 대전사였다.

그의 모습은 상당히 낭패한 모습이었는데 처음 제논을 향해 쇄도했던 그 오연한 모습은 온데간데없었다. 가지런했던 머리는 이리저리 날리고 있었고, 깔끔했던 의복은 여기저기 구멍이 숭숭 뚫려 있었다.

엘프 대전사는 튕겨나면서도 자신의 두 쌍검을 놓치지 않았고, 다시 빠르게 다시 자세를 잡으려 했다. 그의 의도는 정확하게 맞아들어 가는 것 같았다. 하나, 엘프 대전사는 움직일 수 없었다.

어느새 그의 목에서 느껴지는 서늘한 감각이 있었으니 그것은 바로 제논의 날카롭게 빛나는 장창의 끝이었다. 그 순간 땀방울 하나가 흘러 제논의 창 위로 흘러 내렸다.

파사삭!

물방울이 날카로운 창날에 의해 갈라지면서 소리가 들려왔다. 어찌 그 소리가 들리겠는가만은 엘프 대전사는 분명 그렇게 느끼고 듣고 있었다.

제논을 뚫어져라 바라보며 한참을 그 자세 그대로 있던 엘프 대전사는 마침내 눈을 내리 깔았다. 그리고 그의 입에서 흘러나오는 묵직하고 상쾌한 목소리.

"졌습니다."

그것으로 끝이 났다. 제논은 그대로 자신의 창을 거두어들였다. 그리고 그의 시선이 향한 곳. 그곳에는 지금의 상황을 도저히 믿을 수 없다는 눈으로 바라보고 있는 하이 엘프가 있었다.

"…본 엘프들의 왕 하이 엘프 제니스 클레이투스는 인간 왕국의 왕인 제논 패트리아스가 우리의 시험을 통과했음을 인정하는 바이오."

하이 엘프의 선언에 제논은 가볍게 한숨을 내쉬었다.

'되었다!'

그가 그런 생각을 하는 동안, 공터에서 하늘 높이 울리는 환호성이 터져 나왔다. 엘프, 드워프, 노움 할 것 없이 모두 환호하고 있었다. 무려 1만 년 만의 귀환이었다.

이것이 잊혀졌던 자신들의 삶에 어떤 영향을 끼칠지는 모를 일이나 세상에서 잊혀졌던 자신들이 다시 세상 속으로 녹아들게 된 것이었다. 그 때문에 그들은 환호할 수밖에 없었다.

.

Chapter 07

"적의 선봉은 누구던가요?"

제논의 물음에 더글라스 후작을 한 번 흘깃 바라본 후 입을 여는 드라기 백작이었다.

"브룩힐의 챈들러 후작이옵니다."

챈들러 후작이라는 말에 더글라스 후작의 얼굴이 딱딱하게 굳어졌다. 그렇지 않아도 험상궂은 인상인데 거기에 더욱 딱딱하게 얼굴을 굳히자 심장 약한 귀족의 경우에는 그의 얼굴조차 제대로 쳐다보지 못했다.

브룩힐의 챈들러 후작.

더글라스 후작 가문을 멸문으로 이끄는 데 가장 큰 힘을 보 탠 가문이라 할 것이다. 원래는 챈들러 후작이 아닌 챈들러 자작 가문으로, 더글라스 후작 가문의 가신으로 있던 기사 출 신의 귀족이었다.

하나 그는 기사도보다 자신의 야망과 가문의 영광을 더 중 히 여기는 욕심이 많은 자라 할 수 있었다. 그러한 자가 시류 를 타 더글라스 후작 가문이 무너지는 데 가장 큰 역할을 함 과 동시에 과거 더글라스 후작 가문이 다스리던 영지를 그대 로 승계했다.

여기 전략 회의실에 있는 대부분의 귀족은 그러한 사정을 잘 알고 있었다. 하나 겉으로 표현할 수 없는 노릇이었다. 챈 들러 후작이 가진 작위와 그의 가문이 가진 무력은 결코 쉽게 볼 수 있는 것이 아니니 말이다.

"소작이 선봉을 서도 되겠사옵니까?"

역시나 더글라스 후작은 자신을 선봉에 세워 달라 말을 하 고 있었다. 옆에는 그의 조카이자 제논이 왕위에 오르며 가문 을 복원시킨 조나단 플레이크 후작이 자리하고 있었다.

이 회의실에 자리를 마련하였으나 플레이크 후작은 한사 코 그 자리를 거부하였다. 자신의 가문이 복원된 것에 대해서 는 진정으로 감사하나 그 정도의 대단한 공을 세우지 못했기 에 지정된 자리에 앉을 수 없다 하여서였다.

더글라스 후작은 그런 플레이크 후작을 적극 지지하였다. 그리해서 플레이크 후작은 더글라스 후작의 뒤에서 돌로 만든 석상처럼 조용하게 서 있었던 것이다.

그리고 더글라스 후작이 자신을 선봉에 세워 달라는 말에 눈을 반짝이고 있었다. 선봉. 기사로서 혹은 귀족으로서 선봉은 가장 큰 공을 세울 수 있는 자리임은 분명하였다.

"플레이크 후작은 어떠시오."

제논이 플레이크 후작을 보며 물었다. 선봉은 더글라스 후작이 서야 하는 것이 아니라 플레이크 후작이 서야만 했다. 더글라스 후작은 따로 할 일이 있으니 말이다.

"불감청 고소원이라 했사옵니다. 삼가 아뢰옵건대 국왕 전하의 성은에 보답할 기회를 주시기를 열망하옵니다."

"선봉은 플레이크 후작과 군사 5천이요."

"반드시 적의 예봉을 꺾어 보이겠사옵니다."

그로써 모든 것이 완료되었다. 첫 번째 대규모의 전투. 이런저런 자잘한 전투조차 없었다. 헤밀턴 공작은 그가 공언한 대로 코린 왕국의 가장 넓은 황금의 벌판에 진영을 마련하였다.

그리고 그곳에 모든 전력을 투사했다. 병력을 나누거나 혹은 계략조차 쓰지 않았다. 오로지 힘과 힘이 부딪히는 병법을 택한 것이었다. 그리고 그 첫 번째 전투에 오브레임 후작이

나섰다.

둥! 두웅!

뿌우~ 뿌~

전고가 울렸고, 진격을 위한 뿔 나팔이 황금의 벌판에 울려 퍼졌다. 양측 모두 질서 정연한 모습이었다. 수만의 병력이 정면으로 맞부딪혀 가고 있었다. 그 모습을 바라보는 오브레임 후작의 눈동자는 자부심이 가득하였다.

"준비는 모두 완료되었는가?"

"그렇습니다."

"이번 한 번의 전투에서 모든 것을 결정짓는다."

"그렇게 될 것이옵니다."

"병력을 출진시키도록!"

"명을 받습니다."

오브레임 후작의 곁에서 그를 획책하는 존재. 바로 렌스 프레이저 자작의 허울을 두르고 있는 카인 셀라시에가 날카로운 눈빛을 빛내며 오브레임 후작의 명을 받았다.

"전구운! 진격하라!"

두웅! 두두둥! 두웅!

그들 역시 전고가 울려 퍼졌다. 그와 동시에 수십 개의 전기가 하늘 높이 솟아올랐다 수직으로 내려지자 기사들과 병사들이 기다렸다는 듯 움직이기 시작했다.

하나 그들 중 일부는 움직이지 않았다. 바로 오브레임 후작을 지키는 중군의 본대였다. 그들은 오브레임 후작 가문의 충직한 다크 엘프 기사단과 그들의 예하에 있는 라이칸 슬로프 기사단, 그리고 키메라 병사들이었다.

물론 다크 엘프 기사단은 오브레임 후작 가문의 기사들이 아니었다. 그들은 오로지 그들의 주인인 크리스티나 오브레임 후작 부인의 명을 받았다. 그리고 그녀가 지휘권을 오브레임 후작에게 넘겼기에 그의 명을 받을 뿐이었다.

명을 오브레임 후작에게 받는다고 해서 그들의 소속이 달라지는 것은 아니었으니 말이다. 그리고 지금 오브레임 후작의 옆에는 크리스티나가 칠흑의 로브를 쓴 채 말 위에 올라 전장을 지켜보고 있었다.

"그는 어찌할 것인가요?"

"그를 원하시오?"

오브레임 후작은 크리스티나를 쳐다보지도 않은 채 물었다. 그에 크리스티나는 슬쩍 오브레임 후작의 옆모습을 본 후 다시 시선을 전면에 고정시키며 담담하게 입을 열었다.

"나와의 인연이 더 깊은 사람이지요. 때문에 내 손으로 모든 것을 종식시켜야 하지 않을까 하네요."

"알겠지만 그는 강하오."

"알고 있어요."

그제야 고개를 돌려 크리스티나의 얼굴을 바라보는 오브레임 후작이었다. 잠시 동안 대화가 끊겼다.

"나 또한 그에게 볼일이 많소. 양보할 수 있는 존재가 아님을 부인 역시 알고 있을 것이오."

오브레임 후작의 완강한 말에 크리스티나의 시선이 그에게로 돌아갔다. 두 사람의 시선이 부딪혔다. 질식할 것 같은 침묵이 감돌았다. 하나, 이내 크리스티나는 작은 한숨을 내쉬며 고개를 저었다.

"혼자 가능하다면 그렇겠으나, 혼자는 불가능할 것 같군요."

그에 조금은 불만족스러운 모습을 한 오브레임 후작이었다. 불만족스러우나 자신들이 원하는 상대는 한 명. 어쩔 수 없었다. 아마 크리스티나가 양보하는 것도 더 이상은 힘들 것이다.

"그들이 오는군."

크리스티나는 자신의 제안을 받아들이는 오브레임 후작에게 살짝 고개를 숙인 후 전면을 바라보았다. 이미 인간 기사들과 귀족들, 그리고 병사들은 접전에 접어든 지 오래였다.

그리고 지금 오브레임 후작이 말하는 그들이란 제논이 이끄는 일군이었다. 가장 선두에 서서 자신들을 향해 일직선으로 달려오는 제논이었다. 그의 뒤에는 대략 6천의 병력이 따르고 있었다.

제논의 뒤를 따르는 병력은 꽤나 특이했다. 또한 후각을 마비시킬 것 같은 그들의 괴상한 냄새는 절로 눈살을 찌푸리게 했다.

"병력의 구성이……."

"좋지 않군."

크리스티나와 오브레임 후작. 그들은 본능적으로 저들이 결코 무시할 수 없느 전력이라는 것을 알 수 있었다.

그들에게 엘더 라이칸 슬로프인 안토노프 경이 있다는 것은 안다. 또한, 그를 따르는 3천여의 라이칸 슬로프가 있음도 안다. 하지만 그들을 제외하고라도 3천의 병력이 더 있었다. 그들에게서 흘러나오는 고약한 냄새가 왠지 모르게 피하고 싶다는 마음을 들게 하고 있었다.

"출진하겠습니까?"

약간 망설일 때 오브레임 후작의 귓등을 때리는 음성이 있었으니 랜스 플레이저 자작이었다. 실로 교묘하게 파고드는 언변이었다. 그에 오브레임 후작은 고개를 작게 끄덕였다.

"출진하라!"

드디어 출군이라는 명령이 내려졌다. 오브레임 후작과 크리스티나를 따르는 뱀파이어와 라이칸 슬로프, 그리고 키메라 병사들은 결코 소리나 함성 따위를 지르지 않았다.

마치 있는 듯 없는 듯 신속하게 움직여 나갈 뿐이었다. 그리고 그들은 순식간에 접전을 벌일 수 있을 정도의 간격으로 좁혀들었다.

"제노온. 내가 여기 왔다. 나서라!"

오브레임 후작은 입을 열어 커다랗게 외쳤다. 제논은 오브레임 후작의 외침을 들었다. 그의 모습은 뚜렷했다. 붉고 검은, 그리고 황금색으로 둘러쳐 있는 그의 모습은 멀리에서도 확연하게 볼 수 있었으니까 말이다.

제논은 말 위로 올라 발을 굴렀다. 그러자 마치 새처럼 허공을 솟아오르는 그의 신형이었다. 눈 깜짝할 사이에 제논의 신형은 오브레임 후작의 전면으로 내려서고 있었다.

제논이 내려설 때 오브레임 후작의 옆으로 크리스티나가 자리를 잡고 있었다. 제논은 말없이 그 둘을 바라보았다. 등 뒤에 있던 창을 오른손으로 잡고 창끝을 대지 위에 살짝 댄 후 몸을 비스듬하게 돌려세웠다.

"오랜만이로군."

"그렇군."

제논이 먼저 입을 열었다. 그에 오브레임 후작 역시 오랜만이라는 듯이 입을 열었다. 둘은 투기를 내보이지 않았다. 마치 정말 오랜 친구처럼 대화를 했다.

"많이 변했군."

제논의 말에 자신의 손과 여기저기를 훑어보던 오브레임 후작이었다.

"별로 변한 것은 없는데? 그때나 지금이나 나는 오직 나일 뿐. 변한 것은 없다. 변한 것은 오히려 너로군. 그 새하얀 머리카락하며, 푸른 눈동자. 그리고 너는 원래 그리 크지 않았던 것 같은데 말이지."

오브레임 후작이 어깨를 으쓱이며 그렇게 말했다. 그에 크리스티나 역시 맞장구를 치고 있었다.

"나도 그리 생각해요. 그때의 당신은 허약했지요. 세상물정 모르고 그저 가문에 의존하는, 전형적인 귀족가의 망나니 도련님이었을 뿐이지요. 하지만 지금은 많이 변했군요."

날카롭게 웃는 크리스티나였다. 그것은 명백한 비웃음이었다. 네 실력은 인정하겠지만 결코 우리 둘을 당해내지 못할 것이라는 자부심도 느껴지고 있었다.

"언제까지 대화만 할 것인가? 싸우려면 아직 멀었나?"

"훗! 원한다면 다시 죽여주지."

"죽일 수 있을는지 모르겠군."

"호홋! 싸움 실력이 는 것이 아니라 입이 더 날카로웠군요. 죽여서 나의 노예로 삼을 만하겠어요. 귀를 즐겁게 하는 노예로 말이지요."

"할 수 있다면."

쿠후우웅!

세 명의 사이에 먼지가 일어나기 시작했다. 세 명이 내뿜는 거대한 투기와 살기에 의해 주변이 진저리 치고 있었다.

"아무래도 내가 좀 수고를 해야 하겠군."

비웃음과는 다르게 여전히 움직이지 않고 자신을 경계하는 모습을 보이자 제논이 중얼거린 후 서서히 움직이기 시작했다. 절대 빠른 움직임이 아니었다.

한 걸음, 또 한 걸음.

'이건… 대체 뭐지?'

'크음.'

크리스티나와 오브레임 후작은 침음성을 삼켰다. 자신들을 향해서 느릿하게 걸어오는 제논의 모습에 이루 형언할 수 없는 강력한 압박을 받고 있었다.

오브레임 후작은 슬쩍 자신의 손바닥을 바라보았다. 어느새 주먹을 꽉 쥐고 있었다. 단지 기세를 내보였을 뿐인데 자신이 긴장하고 있었다. 축축하게 젖은 손바닥.

슬쩍 옆을 바라보았다. 크리스티나 역시 당황한 것 같았다. 제논의 실력이 뛰어나다는 것은 알고 있었지만 설마 이리도 강할 줄 몰랐다는 듯이 말이다. 둘은 동시에 자신의 입술을 깨물었다.

질 수 없었다. 강해 봤자다. 물론 그 둘은 제논이 결코 인간의 몸이 아니라는 것을 안다. 제논을 개조하는 데 직접 참여한 둘이었으니 말이다. 그래서 어느 정도 제논을 안다고 생각하고 있었다.

하나 실제 그를 마주하자 상상 이상으로 대단함을 느낄 수 있었다. 그렇다 하더라도 자신들이 긴장한다는 것은 있을 수 없는 일이었다. 그들은 그렇게 생각했다.

그러나 몸은 이미 긴장하고 있었다. 피부를 따끔하게 할 정도의 살기가 뿌려지고 있었다.

"웃기는군. 넌 역시 우리의 상대가 아님이다."

오브레임 후작이 마치 자신의 나약함을 떨치듯 커다란 소리를 지르며 제논을 향해 쇄도해 들었다. 그의 무기는 그레이트 소드였다. 어떠한 장식도 없이 오로지 힘으로 내려치는 그런 그레이트 소드 말이다.

하나 결코 가볍게 여길 수는 없었다. 그의 그레이트 소드에는 이미 암흑의 마나가 시전되어 있어 세상의 모든 것을 잘라 버릴 듯 어둠을 빨아들이고 있었다.

제논은 자신의 정수리로 쏟아져 오는 오브레임 후작의 그레이트 소드를 가볍게 막아냈다. 아니, 그냥 흘렸다고 봐도 무방했다. 하나 오브레임 후작은 이미 그럴 줄 알았다는 듯이 흘러내린 그레이트 소드의 방향을 바꿈과 동시에 다시 그어 올렸다.

그와아아악!

흙과 함께 사방으로 파편을 튕기면서 솟아오른 오브레임 후작의 그레이트 소드. 그 파편이 어찌나 많은지 제논의 시야를 가릴 정도였다. 다른 이라면 비열한 행동이라 하여 분노를 토했을 것이나 제논은 창을 휘돌려 시야를 가리는 파편을 제거했다.

슈화아악!

제논의 시야가 밝아지면서 보이는 것은 오브레임 후작의 그레이트 소드의 검 끝이었다. 어느새 오브레임 후작은 자신의 그레이트 소드를 수습하여 찔러들어 오고 있었다.

피하기에는 이미 늦었다. 그에 오브레임 후작은 회심의 미소를 지었다. 이것으로 끝났다는 것을 생각하고 말이다. 하나, 이내 오브레임 후작의 얼굴은 일그러지고 말았다.

틱!

아주 간단한 소리. 자신의 검이 더 이상 전진하지 못했다. 무언가에 막힌 것 같은 그런 느낌. 그가 자신이 검 끝을 바라보았다. 창 날로 자신의 검 끝을 막아 세우고 있었다.

창 날로 검 끝을 막아 세움에도 제논은 전혀 밀리지 않고 있었다. 아니, 오히려 오브레임 후작은 자신의 힘이 부친다는 생각마저 들었다.

"우와아악!"

다른 한 손으로 검병의 끝을 밀었다. 그럼에도 불구하고 뒤로 밀렸다. 이럴 수는 없었다. 어찌 두 손을 한 손으로 감당해 낼 수 있단 말인가? 이를 악무는 오브레임 후작이었다.

그리고 그의 얼굴에는 의미심장한 웃음이 떠올랐다. 창날과 검 끝이 대치하고 있는 상황에서 제논의 등 뒤로 검은색 안개가 모여들기 시작했다. 그리고 그 안개는 이내 날카로운 창을 형성하기 시작했다.

"죽엇!"

날카로운 외침이 들려오며 제논의 등을 그대로 찔러 들어갔다. 이것은 절대 피할 수 없었다. 피할 공간이 없었기 때문이다. 그런데 한순간 크리스티나는 이상함을 느꼈다.

자신이 펼친 암흑의 창은 분명 제논의 신형을 꿰뚫었다. 한데 파열음이 없었다. 손끝을 타고 전율할 그런 감각이 느껴지지 않았다.

스스스!

크리스티나가 자신의 감각을 의심하는 동안 암흑의 창이 꿰뚫은 곳에서 미세한 소음이 들렸다. 그리고 흩어지기 시작했다. 마치 자신이 어둠의 안개로 변하듯이 말이다.

그리고 어느새 제논이 들고 있던 창의 위치가 변했다. 창끝이 위로 향해 있던 것이 아래로 향해 있었다. 크리스티나에게 등을 보였던 제논의 신형은 자신의 창에 의지해 허공에 거꾸로 서 있었다.

그 상태에서 제논은 웃고 있었다. 그 웃음을 본 크리스티나는 무척이나 섬뜩하다는 느낌을 받았다. 그리고 그녀의 귀가로 들려오는 속삭이는 듯한 제논의 목소리.

"도대체 언제 제대로 싸워본 거지? 이런 수준이라면 너희는 절대 나를 당해낼 수 없을 것이다. 실망이다, 실망이야. 긴 세월 동안 너희를 상대할 생각을 가졌었거늘. 너희는 너무 나약하다."

제논의 음성이 그녀의 귀를 간질였다. 그에 크리스티나의 눈동자가 붉어지고 날카로운 송곳니가 튀어 나왔다.

"캬하아악!"

"감히……."

제논의 말은 결코 크리스티나에게만 전해진 것이 아닌 모양이었다. 오브레임 후작 역시 분노하고 있었다. 그들이 변신하기 시작했다. 완벽한 전투형 뱀파이어로 말이다.

신장이 커지고 칠흑의 빛으로 전신을 감싸며 더욱더 날카로운 움직임을 보이고 있었다. 갑작스럽게 빨라진 둘의 신형이었다. 하나, 제논은 여전히 여유로웠다.

오른손에는 창을 들었고, 왼손에는 어느새 은빛의 쇠사슬이 소환되어 있었다. 드워프가 창과 쇠사슬을 본 후 더욱 강력해진 자신의 창과 쇠사슬이었다. 언데드에게 치명적이라 할 수 있는 무기로 변해 있었다.

파하아악.

제논의 창과 쇠사슬이 오브레임의 어깨를 스치고 지나갔
고, 크리스티나의 허리 어림을 스쳐 지나갔다.

"커허어음."

"킥!"

불꽃이 튀었다. 그들은 놀란 눈동자가 되었다. 설사 다량
의 은이라 할지라도 자신들을 감싸고 있는 어둠의 갑옷을 이
리도 쉽게 뚫고 들어와 자신들의 몸에 생채기를 낼 수는 없었
다.

한데, 제논의 무기는 너무나도 간단하게 어둠의 갑옷을 뚫
고 들어와 자신들의 어깨와 허리에 상처를 남겼다. 단지 상처
만이 아니었다. 그 상처가 그들의 몸을 파고들었다.

그에 급급하게 어둠의 마나를 돌려 몸을 잠식해 들어오는
이 극한의 고통을 막아내었다. 맹렬하게 싸우는 두 기운. 하
지만 그 제논에 의해 주입된 기운이 너무 미약했던지 이내 움
푹 패여 들어간 그들의 신체가 회복되고 복원되었다.

"인정하지. 네놈이 강하다는 것을 말이야. 하나, 넌 여전히
이곳에서 죽는다."

"이 한 수. 과거를 정리한 것으로 알겠어요."

오브레임 후작이 자세를 다시 잡았고, 크리스티나 역시 마

찬가지였다. 그들은 이제야 제논을 둘이 상대해야만 한다고 생각한 것이었다. 그전에는 자존심 때문에 우물쭈물한 것이 사실이었으니 말이다.

그들이 그렇게 맞붙는 동안 멀리서 안토노프가 이끄는 라이칸 슬로프 사이로 한 명의 뱀파이어가 뛰어들어 거침없이 손발을 휘젓고 있었다.

"크카카캇! 노예 주제에 감히 주인에게 이빨을 들이대다니."

그는 바로 랜스 프레이저 자작이었다. 머리가 뛰어나 오브레임 후작의 책사라 할 것이나 기본적으로 그 역시 뱀파이어였다. 그것도 배덕의 군주라 일컬어지는 카인 셀라시에가 정신을 장악한 그런 진혈의 뱀파이어 말이다.

"크와아앙!"

라이칸 슬로프 한 명이 그를 향해 날카로운 이빨을 들이댔다. 하나, 그 라이칸 슬로프는 비명조차 지르지 못하고 죽어갔다. 어느새 라이칸 슬로프의 심장에 손에 들려 있었다.

와작!

거침없이 라이칸 슬로프의 심장을 씹어 먹는 프레이저 자작. 그 모습은 실로 잔악하여 보는 이로 하여금 오금을 저리게 할 정도였다. 라이칸 슬로프는 쉽게 그의 곁으로 다가서지 못하고 있었다.

"크카캇! 겁이 나더냐? 어찌 오지 못하느냐?"

그는 또 한 명의 라이칸 슬로프의 머리를 잡더니 그대로 목을 박살 내버렸다. 수박 터지듯 터져 나가는 라이칸 슬로프의 머리였다. 도저히 감당할 수조차 없는 그의 무력이었다.

"미친 새끼. 나이 들었으면 나잇값이나 할 것이지, 여긴 왜 왔누?"

그때 그의 귀로 들려오는 걸쭉한 목소리. 프레이저 자작의 시선이 그 주인공에게로 향했다. 하나 그의 시선은 이내 서서히 위로 향했다. 프레이저 자작과 불과 5미터도 떨어지지 않는 곳에 서 있는 이.

바로 스웬슨이었다.

3미터에 이르는 거구. 겨우 180 정도의 키를 가진 프레이저 자작은 시선을 올려야 그의 얼굴을 볼 수 있었다.

"괴물이로군."

길길이 날뛸 것 같던 프레이저 자작이 침착하게 말을 하자 오히려 의외라는 듯이 말을 하는 스웬슨이었다.

"늙은 생강이 맵다더니. 쳇! 아쉽네."

자신의 말에 물불 가리지 않고 덤벼들 것이라 생각했는데 너무 차분한 모습을 보이자 입맛을 다시는 스웬슨이었다. 그러한 스웬슨을 보며 날카로운 송곳니를 드러내고 으르렁거리는 프레이저 자작이었다.

그는 본능적으로 느낄 수 있었다. 저 거대한 체구의 사내는 자신과 천적이라는 것을 말이다. 결코 가볍게 여길 수 없는 실력자였다.

잠시 잠깐의 순간, 스웬슨이 움직였다. 상대에게 준비할 시간을 줄 필요는 없었다. 스웬슨이 아는 한 선빵이 최고였다. 아무리 고수라 하더라도 한 번 밀리기 시작하면 압도적인 힘이 아닌 이상 밀리게 마련이다.

콰아아악!

스웬슨의 거대한 쌍부가 날았다. 그의 쌍부에는 예의 눈부신 황금빛이 드리워져 있었다. 그저 보는 것만으로도 눈을 멀게 할 정도의 밝은 빛이었다. 기습적인 스웬슨의 공격에 화들짝 놀라 급히 몸을 피하는 프레이저 자작이었다.

하나,

스화아아악.

"커허어~"

천이 찢어지는 날카로운 소리가 흘러나오며 불꽃이 사방으로 튀었다. 프레이저 자작이 휘청거렸다. 그의 옆구리에 커다란 구멍이 생겼고, 그 불꽃은 맹렬히 타들어갔다.

그에 프레이저 자작은 암흑의 기운을 보내 불꽃을 막아보려 했으나 불행하게도 어려웠다. 그에 그는 본신의 모습을 드러내기 시작했다. 랜스 프레이저 자작의 모습을 탈피하고 카인 셀라시에의 본 모습을 찾은 것이었다.

만만치 않은 상대로 조금의 힘이라도 더 쥐어짜기 위해서였을 것이다. 그는 상대를 경시하는 마음을 접었다. 최선을 다해야 했다. 자신이 살아온 4천 년의 감각이 그렇게 시키고 있었다.

"노옴!"

셀라시에는 커다랗게 외치며 번개처럼 움직였다. 스웬슨이 있는 곳을 중심으로 사방 5미터 이내에 수십 개의 암흑의 번개가 떨어져 내렸다.

콰콰콰가각!

"엇뜨!"

갑작스런 셀라시에의 반격에 급급하게 몸을 피하는 스웬슨. 그 역시 자신의 기습이 틀어진 이상 이 싸움이 결코 쉽게 끝날 것이라고는 생각하지 않았다. 솔직히 혼자 그를 상대한다는 것이 쉽지 않을 거라 생각하고 있기도 했고 말이다.

그러나, 그 순간 그에게 새로운 원군이 도착했다. 셀라시에가 스웬슨을 향해 쇄도하려는 순간 그에게로 쏘아져 가는 밝은 빛 여러 개.

타다다닥!

"크흐윽! 어떤 놈이냐!"

"숲의 일족의 영광스러운 대전사, 파라디수스 푸에르라 하지요."

맑고 청명한 목소리가 흘러나왔다. 그 순간 셀라시에의 몸이 덜컥 굳어져 버렸다. 그리고 그의 입은 무어라 말을 하려는 듯 벙긋거리기 시작했다. 하나, 너무 놀라 좀체 입 밖으로 흘러나오지 않는 모습이었다.

"어, 어떻게……."

"밤의 일족과 달의 일족이 존재하거늘 어찌 숲의 일족이 사라졌을까?"

"그럴 리가, 그럴 리가 없다."

"역시 배덕의 존재인 밤의 일족이런가? 어이해 믿지 못하는 건가?"

엘프 대전사의 말에 믿을 수 없다는 표정을 짓는 셀라시에였다. 숲의 일족인 엘프, 강철의 일족 드워프, 대지의 일족 노움은 그들은 천적이었다. 자신들이 어둠을 대표한다면 저들은 밝음을 대표하였다.

그리고 숲의 일족이 모습을 드러냈다는 것은 강철의 일족과 대지의 일족 역시 그 모습을 드러냈다고 해도 과언이 아니었다. 그에 셀라시에는 빠르게 전장을 훑었다.

"저, 저……."

그는 입만 벙긋거렸다. 그가 보는 곳. 강철처럼 단단한 체구의 드워프가 커다란 배틀 엑스를 들어 밤의 일족 서너 명을 한꺼번에 갈라 버렸다. 또한, 그 옆에서는 라운드 쉴드를 팔에 장착하고 시퍼런 글라디우스로 라이칸 슬로프 기사와 키메라를 베어 넘기는 난쟁이 종족을 볼 수 있었다.

"사, 사실이었던가? 그저 잊혀졌을 뿐이던가?"

"그러하다. 어리석은 배덕의 존재여."

"큭, 크큭. 크하하핫!"

고개를 들어 하늘을 보며 커다랗게 웃는 셀라시에였다. 그의 눈가에 언뜻 물이 보였다. 4천 년을 쌓아온 자신의 계획이었다. 그런데 단 한순간에 모든 것이 무너져 내리고 있었다.

그에 자신도 모르게 투명한 눈물을 흘리고 있었다.

"하나!"

한참 동안 하늘을 보며 미친 듯이 웃던 셀라시에는 갑작스럽게 웃음을 멈추고 엘프 대전사를 쏘아보며 입을 열었다.

"아직 끝나지 않았다!"

"그러한가? 하면 끝을 보도록 하지."

"거참! 대전사님 말이 상당히 정겹수다."

스웬슨은 살짝 웃었다. 상대를 존중해 주는 것 같으나 혓바닥 하나로 굳건한 상대의 마음을 흔들고 스스로의 심장을 후벼 파게 하는 솜씨에 감탄하는 것이었다.

"죽엇!"

그 순간 셀라시에가 먼저 스웬슨에게로 향했다. 엘프 대전사보다는 아무래도 인간인 스웬슨이 더 약해 보였기 때문이다. 하나, 그것은 잘못된 판단이라는 것을 바로 깨달아야만 했다.

푸각!

들어갈 때보다 더 빠르게 튕겨져 나가는 셀라시에였다. 그렇다고 스웬슨이 멀쩡한 것은 아니었다. 그도 땅에 깊은 골을 패며 뒤로 물러나고 있었다. 하지만 분명한 것은 스웬슨보다 셀라시에가 더욱 큰 낭패를 당했다는 것이다.

스웬슨은 땅에 박힌 자신의 발을 빼며 고개를 돌렸다. 그리고 어깨도 조금 움직여 보더니 침을 땅에 탁 뱉어냈다.

"좋아! 어디 한번 해보자고."

무서운 속도로 셀라시에를 향해 쇄도해 가는 스웬슨이었다. 그와 함께 엘프 대전사는 조용히 등 뒤에 메어져 있던 활을 꺼내 들고 화살을 재고 있었다.

"이 땅에 어둠이란 존재할 수 없을 것이다."

그들이 부딪혀 가는 동안 제논과 크리스티나, 그리고 오브레임 후작은 치열한 공방을 거듭하고 있었다. 크리스티나와 오브레임 후작이 서로의 자존심을 접고 공수를 수발하여 압박하자 제논은 쉽게 그들로부터 우세를 점할 수 없었다.

그렇다고 절대적인 수세에 몰리지도 않았다. 그들은 제논의 주변으로 접근조차 할 수 없었다. 이미 정령을 소환하지 않는다 하더라도 정령이 그의 주변을 맴돌았고, 빙의시키지 않는다 해도 그의 창과 쇠사슬에는 정령의 힘이 깃들어 있었다.

"후욱! 대, 대단하군."

오브레임 후작은 거친 숨을 내쉬며 순수하게 감탄하였다. 진혈이 된 자신이었다. 또한 오래전에 진혈이었던 크리스티나였다. 자신과 크리스티나의 합공이라면 뱀파이어를 수호하는 가디언이라 할지라도 어렵지 않게 제압할 정도였다.

그런데 그러한 자신들의 합공에도 불구하고 수십, 혹은 수백 합을 견뎌내고 있는 제논이었다. 그리고 전투는 점점 자신들에게 불리하게 돌아가고 있었다.

자신들은 어깨들 들썩이며 거친 숨을 들이쉬고 있는 반면, 제논은 여전히 고요하기만 했다. 자신들의 얼굴에는 투명하고 굵은 땀방울이 흘러내렸지만 제논은 처음과 전혀 달라지지 않고 있었다.

그것은 이미 결과가 정해져 있는 것과 다르지 않았다. 하지만 둘은 인정하지 않았다. 자신들이 전투 경험이 없었을 뿐. 이제 서서히 몸이 달아오르고, 전투에 대한 감각이 되살아나고 있다고 생각했다.

"그렇다 해도 죽는 것은 역시 너다. 차핫!"

오브레임 후작이 다시 하늘 높이 솟구쳤고, 수백의 어둠이 제논을 중심으로 사방을 점유하며 덮쳐들었다. 그와 함께 크리스티나는 어둠 속으로 스며들어 제논이 위치하고 있는 대지를 검게 물들여 갔다.

어둠보다 더 짙은 어둠이 제논을 뒤덮었고, 그 속에 무수히 많은 어둠이 날카로운 이빨을 드러내며 제논을 물어뜯었다. 그리고 대지에서는 죽음에 이른 망자의 손이 제논의 다리를 붙잡으며 끊임없이 체력을 소진시켰다.

또한, 아주 작은 생채기라도 더욱 크게 벌리며 미친 듯이 제논의 피를 탐닉하려 했다. 그에 제논의 신형이 휘돌기 시작했다. 아주 느릿하게 회전하던 제논의 신형은 순식간에 눈에 보이지 않을 정도로 휘돌기 시작했다.

그의 주변에 백색의 막이 생겼다. 제논의 모습조차 보이지 않을 정도가 되었을 때 제논을 물어뜯던 어둠의 이빨이 그 백색에 빨려들며 고막을 파열시킬 것 같은 비명을 지르더니 산산이 부서져 나가기 시작했다.

"끼아아아악!"

백색의 막에 어둠이 물러나기 시작했다. 그리고 제논의 발 밑으로는 붉은 화염이 넘실거리며 상처를 돋우고, 끊임없이 그의 체력을 소모시키던 망자의 손을 짓뭉개기 시작했다.

퍼버버벅!

망자의 손이 터져 나갔다. 하나 그들의 공세는 거기에서 그치지 않았다. 어둠의 화살 수십 개와 어둠의 전류 수천 개가 제논을 다시 감싸기 시작했다.

파바바박!

제논을 중심으로 백색의 광망이 터져 나왔다.

쩌적! 쩌저적!

제논의 전신을 감아 돌던 백색의 막에 금이 가기 시작했다. 수천 번의 두드림은 결국 백색의 막을 깨뜨리고, 드러난 제논을 향해 미친 듯이 달려들었다.

"그래! 물어뜯어라. 세상은 오직 어둠만이 존재함이니, 그 어둠 앞에 그 어떤 것도 존재치 아니 할 것이니. 크하하핫!"

오브레임 후작은 하늘을 향해 두 팔을 뻗어 올리며 소리 높여 웃었다. 푸른색으로 번쩍이는 어둠의 번개가 제논을 향해 내려치고 있었고, 그 빛에 드러난 오브레임 후작의 눈동자는 검게 물들어 있었다.

제논을 공격하는 이는 오브레임 후작만이 아니었다. 과거의 연인이었던 크리스티나 역시 있었다. 연인에서 적으로 돌아선 그녀는 더욱더 포악해졌다.

그녀는 자신의 팔목을 물어뜯었다. 팔목에서 검녹색의 진득한 핏물이 흘러내렸고, 입은 그녀 자신의 핏물로 잔인하게 물들어 있었다.

"오호홋! 헌신하라, 나의 아이들아! 헌신하여 저주하고, 또 저주하여 세상을 어둠으로 물들일지어다. 마계 72군단장 악마의 쇠사슬!"

칠흑의 쇠사슬이 소환되었다. 소환된 쇠사슬은 마치 눈이 달린 양 제논을 향해 쇄도해 들어갔다.

"오라! 어둠이여! 절망을 알려주겠다!"

제논은 커다랗게 외치며 창을 하늘로 치켜들었다. 그의 은빛 쇠사슬은 마치 살아 있는 생명체처럼 제논의 전신을 휘돌기 시작했다. 하늘을 향해 치켜든 그의 창에서는 백색의 광망이 터져 사방을 향해 뻗어나가기 시작했다.

콰가가각!

백색의 광망은 오브레임 후작이 소환한 어둠의 이빨과 부딪혀 갔다. 어둠과 백색의 광망이 부딪히며 거대한 폭음을 일으켰고, 잠깐의 대치 후 마침내 백색이 어둠을 먹어들기 시작했다.

말 그대로 먹고 있었다. 백색의 광망이 어둠의 이빨을 잡아먹고 있었다. 어둠의 이빨은 사력을 다해 백색의 광망에 대항했지만 이미 승기를 잡은 백색이 광망은 절대 어둠의 이빨을 놓아주지 않았다.

"크으윽. 아, 안 돼!"

오브레임 후작의 신형이 흔들리기 시작했다. 마치 거대한 태풍 속에 흔들리는 거목처럼 전신을 덜덜 떨며 흔들리기 시작하던 오브레임 후작. 그는 어떻게 해서든지 이 상황을 모면

하기 위해 모든 전력을 투사했다.

그의 새하얀 피부가 드러난 곳. 목에서부터 혈관을 타고 검게 물들어가기 시작했다. 그리고 종내에는 검게 물든 그의 전신이 타오르기 시작했다.

푸른색이 일렁거리는 지옥의 겁화가 그를 덮쳤다.

"크아악! 안 돼! 이럴 수는, 이럴 수는 없다. 이럴 수는 없어!"

그는 발악을 해댔다. 하나, 그의 전신에 붙은 푸른색의 일렁이는 지옥의 겁화는 결코 그의 발악에 의해 꺼지지 않았다. 그는 그렇게 서서히 죽어가고 있었다.

그렇다고 크리스티나가 멀쩡한 것은 아니었다. 그녀 역시 꼼짝할 수 없었다. 오브레임 후작이 푸른 청화의 불꽃에 죽어가고 있음에도 손조차 댈 수 없었다.

자신이 불러낸 마계 72군단장인 악마의 쇠사슬이 부서져 가고 있기 때문이었다. 날카롭게 빛나던 쇠사슬의 색이 급격하게 퇴색해 가기 시작했다.

은빛 쇠사슬에 의해 그 빛을 잃더니 이내 대지 위에 떨어져 생기를 잃어가며 파르르르 떨려왔다. 소멸되어 가고 있는 것이었다. 하나, 악마의 쇠사슬은 결코 쉽게 물러서지 않았다.

악마의 쇠사슬은 크리스티나의 피를 갈구했고, 실제 그녀의 피를 빨아들이며 제논의 은빛 쇠사슬에 대항해 나갔다. 크리스티나는 빠져나가는 피만큼 피를 보충하기 위해 자신의 주변에 있는 뱀파이어, 혹은 라이칸 슬로프, 또는 키메라를 잡아먹었다.

그녀의 주변에는 이미 수북하게 쌓인 먼지가 존재했다. 모든 것을 빨려 작은 바람에도 부스러져 먼지가 되어버린 것이다. 그에 그녀의 주변에는 아무도 존재하지 않았다.

그녀는 미친 듯이 피를 찾아 헤맸다. 하나, 그녀가 멀어지면 악마의 쇠사슬 역시 약해지기에 일정 지역을 벗어날 수 없었다. 결국 자신이 피를 소모하게 되었고, 급격하게 창백해지는 그녀의 얼굴이었다.

"커허억. 끄륵. 소, 소환 해제!"

기어코 그녀는 소환을 해제하려 하였다. 하나 악마의 쇠사슬은 해제되지 않았다. 마계 72군단장이기는 하나 탐욕의 존재. 이미 힘이 빠질 대로 빠진 크리스티나의 명을 받아들일 리가 없는 것이었다.

"캬캬캬! 나는 다시 태어났다."

그와 함께 악마의 쇠사슬이 뭉쳐지며 사람의 형태를 갖추었다. 막대하게 제공된 피 덕분에 스스로 형체를 갖출 정도가 되어버린 것이다. 제논의 시선이 크리스티나에게로 향했다.

그 순간 크리스티나 역시 제논을 바라보고 있었다. 그녀의 눈동자가 검은색에서 붉은색으로, 붉은색에서 회색으로, 회색에서 다시 갈색으로 돌아오고 있었다.

아주 잠깐, 크리스티나는 인간으로 돌아오고 있었다. 그리고 그녀의 입가에 회한에 잠긴 씁쓸한 미소가 걸렸다.

하나, 그것은 오래가지 못했다.

푸스스스.

불어오는 바람과 함께 먼지가 되어 흩어져 버리는 크리스티나였다. 너무나도 허망한 그녀의 최후라 할 수 있었다. 그녀는 분명 마지막에 어떤 말을 하려 했을 것이다. 하나 시간은 그녀에게 그것을 허락하지 않았다.

잠시 먼지가 되어 흩날리는 크리스티나의 잔재를 바라보던 제논은 앞에서 거만하게 자신을 내려다보는 마계 72군단장 악마의 쇠사슬을 바라보았다.

주변으로 수십, 수백의 쇠사슬이 마치 독사처럼 움직이며 그를 휘감고 돌았다. 그는 오만했다. 그러하기에 이미 자신의 앞에 있는 제논은 안중에도 없었다.

마계 72군단장을 바라보던 제논은 어처구니가 없어 웃었다. 마계의 마왕조차도 자신에게 소멸당했다. 한데, 겨우 72군단장이라는 자가 자신을 버러지 보듯 보고 있으니 말이다.

제논이 창에 은빛 쇠사슬을 감기 시작했다.

촤르륵! 촤륵! 촤르륵!

맑은 소리가 들려왔다. 사방이 악귀 다툼인 와중에도 제논의 쇠사슬이 창에 감기는 소리가 72군단장의 귀에 너무나도 선명하게 들려왔다. 그 거슬리는 소리에 인상을 찌푸리며 제논에게로 시선을 두는 72군단장.

"감히……."

무어라고 말을 하려는 찰나, 제논의 신형이 사라졌다. 순간 72군단장은 당황했다. 종적을 찾을 수 없었다. 이럴 수는 없었다. 하급한 인간 따위의 종적을 놓치다니 말이다.

72군단장이 경계를 강화하려는 찰나 그의 목덜미 부분에서 불이 번쩍하는 아픔이 느껴졌다.

"크하아악!"

입이 벌어지며 비명이 들렸다. 그것이 시작이었다. 제논의 창은 그저 패기 시작했다. 마계의 마왕이든지 군단장이든지 필요 없었다. 비명조차 지르지 못할 정도로 패기 시작했다.

72군단장의 주변을 고개를 빳빳하게 세워 휘감아 돌던 쇠사슬들이 부서져 나가기 시작했다. 그리고 폭발하기 시작했다. 72군단장의 입에서 암흑의 마나가 줄줄이 새어 나왔다.

어떻게든 형체를 유지하려 하던 마계 72군단장 악마의 쇠사슬. 그것은 점점 퇴색해 가더니 종내에는 색을 잃고 소멸되기 시작했다. 끝부분부터 붉게 타오르기 시작하더니 재가 되어 사라져 갔다.

"어찌, 어찌……."

그 말뿐이었다. 마계 72군단장마저 소멸시킨 제논. 그는 서서히 몸을 돌려 여전히 버티고 있는 오브레임 후작을 바라보았다. 이제는 완벽하게 어둠이 되어버린 오브레임 후작.

그는 기괴하게 웃고 있었다.

"고맙다고 해야 하나?"

"좋은가?"

"좋지. 강대한 힘이 나에게 왔거늘 어찌 좋지 않을까?"

"어리석은 놈."

"어리석어? 웃기는군. 강함을 사랑하는 것이 어찌 어리석을까? 가지지 못한 강함을 부러워하는 네놈이 어리석은 게지."

"그 강함을 네가 다룰 수 있다면 좋을 것이나 너는 강함을 다루지 못하지 않는가?"

"웃기는 소리. 나는 모든 것을 능가한다. 이 힘 또한 나의 아래 종속될 것이다."

"보여라!"

"보여주지!"

제논의 말을 맞받아치는 오브레임 후작이었다. 그는 거침없이 제논을 공격해 들어갔다. 하나, 제논은 오히려 이전보다 더욱 쉽게 그저 창을 앞으로 쭈욱 내밀 뿐이었다.

"어리석은."

그에 오브레임 후작은 비웃음을 떠올리며 검처럼 변한 자신의 손을 제논의 창끝과 부딪혀 갔다.

쭈와아아악!

"크아아악!"

한데 어찌 된 일인지 오브레임 후작의 어둠이 갈라지기 시작했다. 갈라지기만 한 것이 아니라 검붉게 타오르며 불꽃이 되어 허공으로 흩날리고 있었다. 불로 지지는 듯한 고통이 밀려들며, 오브레임 후작은 믿을 수 없다는 듯이 제논을 바라보았다.

"너의 어둠이 진실된 어둠이라고 생각했더냐? 너의 어둠은 진실이 아닌 배신이었으며, 같으나 같지 않음이었으니 종내에는 너를 배신하고 너를 죽음으로 몰아넣은 것이다."

"그럴 수가. 그럴 수가. 아니야. 아니다! 나는 진정한 어둠. 어둠이 나를 배신할 이유가 없다."

그가 발악하듯 외쳤으나 이미 부서져 내리기 시작한 그의 신체는 다시 회복되지 못하고 있었다. 그의 시작은 배신으로 시작해 그 끝 역시 배신으로 막을 내리고 있었다.

Chapter 08

NuMbeR Seven

제논은 먼지처럼 부서지며 불꽃이 되어 사라지는 오브레임 후작을 바라보고 있었다. 그의 얼굴에는 아무런 표정도 드러나 있지 않았으나 눈동자는 잘게 떨리고 있었다.

하나의 복수가 완료되었다. 아니, 두 개의 복수라 할 수 있었다. 가장 절친한 친구의 목숨을 빼앗았고, 자신을 죽음으로 몰아넣었던 연인을 제거했다. 하지만……

'정말 그럴까? 이 허망함은 대체 뭘까?'

제논의 가슴속에는 허무함이 가득했다. 복수를 하면 시원할 줄 알았다. 깊게 응어리진 것이 모두 풀릴 줄 알았다. 그런데 너무 허무하게, 너무 간단하게 복수를 완료한 탓인가?

제논의 가슴은 오히려 더 답답해져 오고 있었다. 아직 모든 것이 끝나지 않았음에도 불구하고 말이다. 그는 그저 먼지처럼 사라진 크리스티나와 오브레임 후작이 죽은 곳을 바라볼 뿐이었다.

그리고 그는 알고 있었다. 아직 헤밀턴 공작 가문은 완벽하게 제거하지 못했다는 것을 말이다. 지금의 감상이 어떠하든 간에 아직 자신의 복수는 완료되지 않았다.

아니, 이제는 복수를 떠나 있다 해도 과언이 아닐 것이다. 그는 언제나 복수를 부르짖고 있었으나 그가 가는 길은 복수가 아닌 코린 왕국의 왕국민이 살아갈 수 있는 길이었으니.

제논은 자신의 가슴속에 살아 움직이는 허무함을 털어내 버리기라도 하듯이 여전히 밀려들어 오고 있는 뱀파이어와 라이칸 슬로프, 그리고 키메라 병사들 사이로 뛰어들었다.

그가 뛰어드는 곳은 여지없이 무지막지한 빛에 휩싸였고, 귀청이 떨어져 나갈 것 같은 폭음이 들려왔다. 그리고 이어지는 비명들.

제노의 손속에 사정이란 없었다. 모든 존재가 가루가 되어 사라져 버렸다. 제논은 미친 듯이 창을 휘둘렀다. 그러한 그의 전신은 어느덧 진득한 뱀파이어와 라이칸 슬로프, 혹은 키메라 병사들의 피와 살점이 뒤덮고 있었다.

뱀파이어들과 라이칸 슬로프들은 그를 두려움에 젖은 눈동자로 바라보았다. 어찌 할 수 없는 존재. 반드시 제거해야 하거늘 함부로 다가설 수 없었다.

"놈은⋯ 혼자다!"

"죽엿! 죽이란 말이다! 놈을 죽이지 않은 한 이 전쟁은 끝나지 않음이다!"

"위대한 밤의 일족의 전사들이여! 돌격하라!"

"두려운가? 그 무엇도 두려움을 줄 수 없는 이 달의 일족의 전사들이 두려움에 떠는가? 단 한 명에 의해? 부끄럽지 않은가? 한 명의 적에게 두려움을 떨어 꼬리를 마는 달의 일족의 전사들이여! 목숨으로 두려움을 떨쳐내라!"

뱀파이어들과 라이칸 슬로프를 이끄는 이들의 입에서 나온 거친 목소리가 전장을 지배했다. 두려움에 떨어 꼬리를 말고, 창백한 안색으로 제논의 주변으로 가려 하지 않던 뱀파이어와 라이칸 슬로프가 다시 움직였다.

"크와아앙!"

"캬르륵!"

수없이 많은 어둠이 제논을 향해 쏟아졌고, 눈부신 암흑의 이빨이 제논의 전신을 노리고 파고들었다. 단 한순간에 제논을 갈갈이 찢어 그 피를 마시고 뼈를 씹을 듯이 말이다.

제논은 피하지 않았다. 그는 여전히 차분했지만 점점 열기를 더해가는 눈동자는 조금씩 붉어지고 있었다. 전신에서는 비릿한 향이 풍겨나와 끊임없이 사방으로 퍼지고 있었다.

이미 뱀파이어와 라이칸 슬로프의 피로 전신을 흠뻑 적신 지 오래. 그러함에도 제논의 움직임은 여전히 신속하고 정확했다. 창으로 적들의 가슴을 찔러 불꽃으로 만들었고, 은빛 쇠사슬로 적의 목을 감아 터뜨렸다.

자욱한 피 안개가 암흑으로 물든 그의 주변을 검붉은색으로 만들어가고 있었다. 질펀하게 흘러내리는 피의 강이 비온 후의 그것처럼 대지를 질척하게 만들고 있었다.

"캬하악! 죽인닷!"

날카로운 손톱이 어느새 제논의 옆구리를 훑고 지나갔다.

"찌이익!"

제논의 옆구리를 보호하고 있던 가죽이 찢겨져 나갔다. 실로 보고도 믿을 수 없는 일이었다. 그의 전신은 이미 정령에 의해 보호되고 있었다. 그런데 그 정령의 보호막을 뚫고 들어와 제논의 옆구리를 강타한 것이었다.

"크크크. 네놈도 인간이로구나."

제논의 옆구리를 훑고 지나간 뱀파이어는 득의한 웃음을 지었다. 하나 그의 웃음은 오래가지 않았다. 제논과 접촉했던 그의 손이 녹아내리고 있었다. 뱀파이어의 얼굴은 더욱더 창백하게 변해가며 땀으로 범벅되어 번들거렸다.

뱀파이어는 지친 웃음을 떠올렸다. 그 지친 웃음이 지워지기도 전에 전신이 녹아내려 피로 질척해진 대지 위로 스며들었다. 하나, 그 뱀파이어의 죽음은 누구의 시선도 끌 수 없었다. 그는 지금껏 소멸된 수많은 뱀파이어, 혹은 라이칸 슬로프 중 한 명이었기 때문이다.

철퍽!

그 순간 또 다른 라이칸 슬로프의 목이 질척이는 대지 위로 떨어져 내렸다. 제논을 둘러쌓던 뱀파이어와 라이칸 슬로프는 다시 주춤거렸다. 단 한 번의 이득이 있었지만 제논은 전혀 위축됨이 없이 더욱더 날뛰고 있었다.

일순 제논을 중심으로 반경 5미터 내에는 아무것도 존재하지 않았다. 그의 간격에 들지 않기 위해 거리를 두고 떨어져 그를 둘러싸고 있는 뱀파이어와 라이칸 슬로프였다.

문득 제논은 눈을 들어 자신의 주변을 둘러보았다. 빽빽하게 자신을 둘러싸고 있는 뱀파이어와 라이칸 슬로프였다. 대체 얼마만 한 귀족들과 기사들이 뱀파이어와 라이칸 슬로프가 되었을까?

자신을 둘러싸고 있는 것을 보아 그 수를 헤아릴 수조차 없을 것 같았다. 자신에게만 이리도 많은 뱀파이어와 라이칸 슬로프가 몰린 것은 아니리라. 그때 둘러싼 이들을 가르며 한 명의 중갑의 기사가 앞으로 나왔다.

그의 검에는 예의 검붉은 피가 흘러내리고 있었고, 전신에서는 홍건할 정도로 인간의 육편과 피가 흘러내리고 있었다. 그리고 그의 왼손에는 하나의 머리가 들려져 있었으니, 바로 엘프의 머리였다.

툭!

엘프의 머리를 쓰레기 버리듯 자신의 발치 아래로 던진 사내.

"누구냐."

"아! 그렇지. 소개를 해야지. 헤밀턴 공작 가문의 총 기사단장인 네버로 헤밀턴이라 하지. 너의 뒤에 있는 이는 오브레임 후작 가문의 총 기사단장인 라파엘 소리아노 백작이라 하고 말이지."

그의 소개에 제논은 살짝 인상을 찌푸렸다. 아직 헤밀턴 공작이 모습을 드러내지 않고 있었다. 애초에 크리스티나와 오브레임 후작을 제거하면 모습을 보일 것이라 생각했지만 여전히 모습을 감춘 채 드러내지 않고 있었다.

"내가 무서운가? 헤밀턴 공작은 간이 벼룩보다 작은 모양이로군."

"크큭! 말도 안 되는. 격장지계가 썩 훌륭하기는 하지만 나와 소리아노 백작만으로도 네놈을 상대할 수 있을 것 같군."

"웃기는군. 진혈에 이른 이들조차 나를 어쩌지 못했거늘."

"진혈이라 해서 다 같은 진혈이던가? 전투력 면에서 보자면 내 누이나 오브레임 후작보다 나와 저 소리아노 백작이 더 뛰어나지."

자신이 버린 엘프의 머리를 발로 툭툭 차면서 진득하게 웃는 네버로 헤밀턴이었다. 이런 더러운 엘프들이라 할지라도 자신을 어찌할 수 없다는 것을 보여주듯 말이다.

"자신 있다 이 말이군. 그러면 한번 와봐라. 죽여주지."

제논의 말에 새하얗게 웃는 네버로 헤밀턴이었다. 그는 잔인했다. 그 누구보다 잔인했다. 그렇지만 충분히 능력은 있었다. 그가 헤밀턴 공작 가문을 이어받지 못한 것은 너무 잔인하기 때문이라 할 정도니까.

"좋군. 그 정도는 되어야지."

네버로 헤밀턴은 결코 경거망동하지 않았다. 아니, 오히려 지금의 상황을 즐기는 것처럼 보였다. 그는 자신의 손에 들려 있는 소드 브레이커의 날카로운 이빨을 혀로 핥았다.

그 이빨이 어찌나 날카로운지 자신이 주인임에도 혀에 상처를 입혔다. 하나, 그런 감각이 매우 좋다는 듯이 웃어 보이는 네버로 헤밀턴.

"캬하앗!"

사전에 어떤 준비 동작조차 없었다. 그냥 그 자세 그대로 제논을 향해 쇄도해 들어가는 네버로 헤밀턴이었다. 그와 동시에 아무런 말도 없이 제논의 뒤를 점하고 있던 소리아노 백작도 움직였다.

카앙! 카라라랑!

불꽃이 튀었다. 청화가 이글거리는 불꽃이 사방으로 튀어 오르며 어둠 속에서 그들의 얼굴이 드러나 보였다. 네버로 헤밀턴. 그의 얼굴은 실로 끔찍했다. 얼굴 전체가 상처투성이라 할 수 있었다. 마치 이리저리 꿰맨 것처럼 얼굴 전체에 자국이 남아 있었고, 눈동자는 회색으로 죽음의 무덤을 보는 것 같았다.

소리아노 백작 역시 별로 다르지 않았다. 소리아노 백작은 기사들이 입는 풀 플레이트 메일을 입지 않았다. 상체 전부가 드러나 있었고, 하의만 간단하게 가린 아주 단촐한 모습이었다. 전신은 제논도 익히 알고 있는 상처 자국으로 가득했다.

제논은 신형을 쭈욱 뽑아 올려 그 둘의 공격을 피해냈다. 그리고 분노한 목소리가 흘러나왔다.

"너희는… 만들어진 존재로구나."

제논의 말에 히죽 웃는 네버로 헤밀턴이었다.

"왜? 동족을 보니 반갑나?"

"멍청한 놈들."

"멍청? 멍청이라……. 웃기는군. 네놈이 그런 말을 할 자격이 있나? 자의든 타의든 너와 나는 만들어졌고, 이렇게 막강한 힘을 가지고 살아가고 있지 않은가? 너는 자격이 없음이다."

"그래도 나는 피를 즐기지는 않는다."

제논의 말에 피식 웃어버리는 네버로 헤밀턴이었다.

"피를 즐기지 않아? 그것도 웃기는 말이다. 네놈이 죽인 이들에게서는 피가 나지 않는다더냐? 피를 뒤집어쓴 것으로 말하자면 네놈은 나보다 더하지 않나?"

딴은 맞는 말이었다. 하나, 그것은 어디까지나 과정을 뺀 결과만을 따진 것이라 할 수 있었다. 악인과 선인의 차이는 결과에 이르는 과정에 있다. 악인은 결과를 중시하여 과정 따위는 신경조차 쓰지 않는다.

하지만 선인은 다르다. 결과가 중요하기는 하지만 결과보다는 그 과정을 더 중요시하기 때문이다. 지금 네버로 헤밀턴은 결과만을 말한 것이라 할 수 있었다.

"그래? 그럼 한번 해보지. 네놈이 죽나, 내가 죽나."

"크카캇! 듣던 중 반가운 소리다."

다시 어울리기 시작했다. 그들은 마법 따위는 사용하지 않았다. 오로지 어둠을 형상화한 마나를 사용할 뿐이었다. 하나 크리스티나 혹은 오브레임 후작보다 배는 강했다.

푸른 검화가 피어오르고, 검푸른 불똥이 튀어 사방으로 흩어졌다. 세 사람이 어울리는 모습은 그야말로 장관이었다. 하나 그 누구도 세 사람의 싸움에 끼어들려 하지 않았다.

아니, 오히려 제논을 둘러싸고 있던 뱀파이어와 라이칸 슬로프들은 더욱더 간격을 벌려 이미 격돌하고 있는 세 사람을 중심으로 10미터 이상을 이격하고 있었다.

그러함에도 그들은 인상을 있는 대로 찌푸리고 있었다. 무기와 무기가 부딪혀갈 때 들려오는 소리는 귀를 갈기갈기 찢어버릴 것 같았다. 번쩍이는 섬광은 눈을 멀게 할 것 같았다.

그리고 그들 사이에서 폭풍 치는 살기와 투기는 그들이 전신을 엄습하여 가문 여름날 물이 말라 쩍쩍 갈라진 진흙처럼 만들어 버릴 것 같았다.

콰앙~ 콰콰강!

"크하아악!"

한 명의 인형이 빛의 폭발과 함께 튕겨져 나갔다. 소리아노 백작이었다. 그는 말을 하지 않았다. 다만, 비명만 질렀다. 튕겨져 나가는 소리아노 백작의 가슴은 뻥 뚫려 있었다.

"크으으~"

나직하게 신음을 흘리는 소리아노 백작. 하나 죽지 않았다. 가슴을 꿰뚫리고도 여전히 숨을 헐떡이면서 죽지 않았다. 그리고 그의 뻥 뚫린 가슴은 꿈틀거리면서 다시 재생되고 있었다.

그의 창백했던 얼굴이 다시 본래의 얼굴색으로 돌아오기

시작했다. 그때 그의 등 뒤로 떨어져 내리는 그림자가 하나 있었다. 소리아노 백작은 여전히 무릎을 꿇은 채 자신의 회복에 정신이 없었다.

푸욱!

소리아노 백작의 숙여졌던 고개가 치켜졌다. 그리고 입이 떡 벌어졌다. 그의 벌어진 입 아래로 보이는 것이 있었으니 바로 제논의 창이었다. 제논이 소리아노 백작의 목 뒤를 창으로 꿰뚫은 것이었다.

"잘 가라."

쿠쿠쿠쿠!

그러함에도 죽지 않은 소리아노 백작. 하나 이어지는 제논의 공격에 그는 마침내 목숨을 내줄 수밖에 없었다. 그의 목을 꿰뚫던 제논의 창이 급격하게 회전하기 시작한 것이었다.

제논은 무섭게 회전하는 창을 그대로 그어 올려 버렸고, 소리아노 백작의 머리는 먼지처럼 사라져 버렸다.

투욱!

머리를 잃은 소리아노 백작의 신형이 서서히 앞으로 고꾸라졌다. 머리가 없어졌음에도 불구하고 그의 손과 팔은 꿈틀거리고 있었다. 참으로 질긴 생명력이라 할 수 있었다.

콰직!

제논은 그대로 고꾸라진 소리아노 백작의 신형을 밟아 뭉

개 버렸다. 그의 발아래에서는 붉은 화염이 일었고, 순식간에 소리아노 백작의 신형을 한 줌의 재로 태워 버렸다.

"켈! 아쉽군."

그러한 제논의 앞으로 떨어져 내리는 네버로 헤밀턴. 그는 입맛을 다시고 있었다. 하지만 결코 그의 말처럼 아쉬운 빛을 띠지는 않았다. 다만, 조금은 당황하고 있었다.

둘이서도 감당하지 못할 존재를 자신 혼자서 감당해야 한다는 생각에 말이다.

'강하긴 강한데… 이대로 도망쳐?'

그는 생긴 것과 다르게 머리를 굴리고 있었다. 그는 문득 어느 한곳을 살짝 응시했다. 그가 바라보는 곳은 아무것도 없는 그저 허공에 불과했다. 한데도 네버로 헤밀턴은 그곳을 보고 있었다.

"누구를 기다리는 건가?"

제논의 말에 히죽 웃는 네버로 헤밀턴.

"너와 같은 자들."

"더 있다는 것인가?"

"헤밀턴 공작 가문은 약하지 않으니까?"

"약하지 않은 것이 아니라 잔인한 것이겠지. 목적을 위해 수단과 방법을 가리지 않는 그런 잔인함 말이다."

"뭐 어떤가? 어차피 역사는 승자의 역사인 것을."

"하면, 너의 가문은 이제 뱀파이어에게 속아 넘어가 인간을 팔아넘긴 가문으로 역사에 남겠군."

제논의 독설에 얼굴을 찌푸리는 네버로 헤밀턴.

"어디 그 말을 책임질 수 있는지 보자. 쳐라!"

네버로 헤밀턴의 명이 떨어지자 아무것도 없던 공간에 수십의 인원이 모습을 드러냈다. 마치 항상 그곳에 있었다는 듯이 말이다. 그들의 움직임에는 아무런 파공음조차 들려오지 않았다.

데쓰 씨저가 허리를 가르고, 칠흑의 쇠사슬이 제논의 목을 노렸다. 반월 모양의 창이 목 뒤를 노렸으며, 진녹색의 액체를 뚝뚝 떨어뜨리며 수십 개의 비검이 심장을 향했다. 소를 잡는 백정의 칼이 제논의 정수리를 노리고 떨어져 내렸다.

콰콰가각!

수십 개의 무기가 한곳에서 부딪혔다. 자욱한 먼지가 일었다. 하나, 제논을 공격했던 무기는 공격할 때보다 더 빠르게 회수되고 있었다. 제논이 있던 자리에는 아무것도 존재하지 않았다.

다만, 움푹 파인 대지와 검녹색으로 녹아들고 있는 대지만 존재할 뿐이었다. 열두 명의 시선이 허공으로 향했다. 제논은 자신을 둘러싼 열두 명의 존재를 바라보았다.

"어떤가? 역적의 자식들이 말이다."

역적의 자식. 그 말은 헤밀턴 공작 가문에 의해 멸문했던 가문의 자식들이라는 것을 의미했다. 철저하게 제거했지만 여전히 살아남았던 가문의 자식들을 마리오네트로 만들어 버린 것이었다.

제논을 둘러싼 열둘의 마리오네트의 눈동자에는 초점이 없었다. 초점이 없다는 것은 이성이 없다는 것. 그 순간 제논은 알 수 있었다. 이들이 바로 헤밀턴 공작 가문의 비밀 병기인 리벤저라는 것을 말이다.

한데, 의심이 들었다. 리벤저는 분명 의식을 가지고 있었다. 그런데 이들은 의식이 없었다. 그런 제논의 의문은 곧바로 풀렸다. 바로 자신의 전면에 모습을 드러내고 있는 뱀파이어에 의해서 말이다.

"네가 아니었다면 이들을 마리오네뜨로 만들 이유가 없었지. 그들의 힘을 강화시키기 위해서 그들이 가진 의식은 결코 바람직하지 못하니까 말이다."

제논은 그 사내를 바라보았다. 선이 얇은 얼굴. 어떻게 보면 지독히도 비열하게 생겼으나 어떻게 보면 모성애를 자극하는 그런 얼굴을 가진 사내.

"프라이스 헤밀턴인가?"

"호오~ 나를 알아?"

단박에 자신을 알아보는 제논을 무척이나 의외라는 듯이

바라보는 헤밀턴 공작이었다. 하지만 이내 알겠다는 듯이 고개를 끄덕였다.

모를 수 없을 것이다. 그 또한 과거에 코린 왕국의 명망 있는 귀족의 자제였으니 말이다. 아마도 자신의 생각에 그를 한두 번 본 적이 있을 것이란 생각도 들었다. 인간이었을 적 생각을 스스로 지운 지 꽤 되었으니 말이다.

제논은 말없이 고개를 끄덕였다. 프라이스 헤밀턴 공작이 이 자리에 나타났다는 것은 이제 이 전쟁이 점점 끝으로 치닫고 있음을 의미하기 때문이다. 갑자가 가슴 한구석이 시원해짐을 느끼는 제논이었다.

"너만 죽이면 이 모든 것이 끝나는 것인가?"

"크큭! 끝이라고 생각하나?"

"적어도 코린 왕국은 끝이 나는 것이겠지?"

"그런가? 그럴 수도 있겠군."

제논의 말을 수긍하는 헤밀턴 공작이었다. 그는 네버로 헤밀턴보다 조금은 긍정적이고 유연하게 보였다. 하나 그렇게 보인다는 것일 뿐, 꼭 그런 것만은 아니다.

그는 뱀파이어였다. 자신의 아버지를 이용하고, 자신의 동생을 괴물로 만들고, 크리스티나를 죽게 만든 그런 뱀파이어 말이다.

"묻고 싶군."

"궁금한 것이 있나?"

"왜 그랬지?"

"뭘 말인가?"

도통 알 수 없다는 표정으로 되묻는 헤밀턴 공작이었다.

"너의 아버지를 죽이지 않았어도 너는 가문을 이어받을 수 있었다. 너의 동생을 저 꼴로 만들지 않아도 가문을 이어받을 수 있었고 말이다."

그 말에 잔뜩 웅크린 채 자신을 흘깃거리는 동생 네버로 헤밀턴을 바라보는 헤밀턴 공작이었다. 그러다 어깨를 으쓱해 보이며 입을 열었다.

"너무 오래 걸리잖아. 줄 거면 빨리 줄 것이지, 괜히 시간 끌 필요 없잖아. 어차피 죽을 목숨, 조금 일찍 죽어도 상관없고 말이지. 그리고 저놈은 너무 미련해. 힘만 믿고 어디로 튈지 모른다는 말이지. 그래도 살려준 게 어디야. 애완용으로 기르면 딱이지."

할 말 없게 만드는 헤밀턴 공작의 대답이었다. 그에게는 그의 아버지도, 형제자매도 그저 목적을 달성하기 위한 하나의 도구에 불과했다. 아버지를 아버지라 생각하지 않았으며, 형제자매를 형제자매로 생각하지 않았다.

"그래서 그것을 다 달성했는데… 좋은가?"

"좋아? 뭘 모르는군. 이제 시작인데 말이지. 그런데 시작도

하기 전에 네놈 때문에 일이 많이 틀어졌어. 그 노인네는 조금 더 살아 있어야 했고, 내 병력은 조금 더 다듬어야 했어. 네놈이 내가 만든 판을 깨버린 것이지."

순순히 잘도 말해주는 헤밀턴 공작이었다. 그는 아무래도 제논을 자신에게 대적할 수 있는 유일한 적, 혹은 자신과 비슷한 부류의 동지쯤으로 여기는 것 같았다.

"너의 계획. 여기서 끝을 맺게 해주지."

제논의 말에 씨익 웃어 보이는 헤밀턴 공작이었다. 그의 얼굴에는 자신감이 가득했다. 아니, 자신감이라기보다는 비웃음일 가능성이 높았다.

"저 냄새나는 존재들 때문에 그렇게 자신만만한가 본데… 몇천 년 만에 귀환했다고 해서 무적은 아닌 게야. 그동안 우리도 놀고먹지는 않았으니 말이다."

헤밀턴 공작이 바라보는 곳. 그곳에는 엘프와 드워프, 그리고 노움이 있었다. 한 명당 수십의 뱀파이어와 라이칸 슬로프, 혹은 키메라에게 둘러싸여 고군분투하고 있었다.

하지만 제논은 고개를 저었다. 그들 때문이 아니라는 듯이. 그에 조금은 궁금한 표정을 떠올리는 헤밀턴 공작이었다.

"그럼?"

제논은 말없이 자신의 창을 헤밀턴 공작의 가슴으로 향했다. 그에 그 의미를 알아차린 헤밀턴 공작이 날카로운 송곳니를 드러내며 웃었다. 아주 만족스럽다는 듯이 말이다.

"아쉽군. 우리가 조금 일찍 만났더라면 좋은 친구가 되었을 것인데."

"난 별로 아쉽지 않군. 조금 더 일찍 너를 죽일 수 없었다는 것만 조금 아쉽고 말이지."

"큭! 주둥이가 죽어서도 움직이는지 한번 보자꾸나. 크카카캇!"

그의 웃음이 신호였을까? 아니면 그가 인형으로 만들어 버린 마리오네뜨와 정신적으로 연결되어 있어서일까? 제논의 주변을 둘러싸고 있던 열둘의 마리오네뜨가 움직이기 시작했다.

"이따위!"

제논의 창의 눈부신 광휘를 머금었다. 그리고 그를 향해 최초로 쇄도해 들던 마리오네뜨의 심장을 관통했다. 딱 멈춰선 마리오네뜨. 그리고 먼지가 되어 사라지기 시작했다.

"인형으로!"

또다시 제논의 창이 움직였다. 너무나도 유려하게 움직이는 제논의 창은 마치 이끌리듯 움직이고 있었다. 한 번의 움직임에 하나의 마리오네뜨가 사라졌다.

"나를!"

쿠와아앙!

창을 내지르며 진각을 밟아가는 제논의 발. 진각을 밟은 곳을 중심으로 거대한 충격파가 발생했다. 그리고 그 충격파는 수십, 수백 미터를 가로질러 왕국군을 압박해 가던 뱀파이어와 라이칸 슬로프, 그리고 키메라를 가루로 만들어 버렸다.

"억압할 수 있을 것 같으냐?"

쐐에에엑!

수많은 어둠의 손톱이 제논의 전신을 노렸다. 일부는 피하고 일부는 막아내고 일부는 튕겨내고 일부는 제논의 몸에 박혀들었다. 하나, 박혔다고 해서 결코 상처를 입힌 것은 아니었다.

그들이 입힌 상처가 벌어질 새도 없이 아물어 들었고, 그에게 생채기를 남겼던 무기는 다시 회수되는 동안 녹아 그 흔적조차 남기지 않았다.

"오라! 나에게 오라! 죽음을 선사할지니!"

제논은 폭풍이었다. 그의 앞에는 그 무엇도 존재할 수 없었다. 헤밀턴 공작이 그렇게 자신하던 마리오네뜨. 두 명이면 진혈의 가디언을 완벽하게 제거할 수 있는 그런 마리오네뜨조차 순식간에 먼지가 되어 사라졌다.

헤밀턴 공작은 지금의 상황을 도저히 이해하고 납득할 수 없었다. 어찌 이럴 수 있다는 말인가? 제논 역시 자신의 계획의 일부였을 뿐이다. 이 코린 왕국을 완벽하게 접수할 도구 말이다.

그런데 언제부터인가 계획이 점점 틀어지기 시작했다. 아이작스 백작은 이미 무너졌어야 했고, 클라렌스는 자신의 수족이 되어야 했으며, 코린 왕국의 국왕은 자신의 발치에 엎드려 있어야 했다.

자신은 이미 뱀파이어 왕국의 로열 블러드가 되었어야 했고, 뱀파이어들의 마스터로 군림하고 있어야만 했다. 한데, 자신이 계획한 것 중 아무것도 이루어진 것이 없었다.

그래도 그는 실망하지 않았다. 시간은 많다. 뱀파이어는 이 세상의 밤이 존재하는 한 사라지지 않는 불멸의 존재. 실패했다면 다시 시작하면 그만이었다. 이미 모든 정보와 준비는 완벽하게 갖춰져 있으니 말이다.

'대체 어디서부터 잘못된 거지?'

심각하게 굳어진 그의 얼굴. 그러는 동안 열둘의 마리오네뜨의 태반이 먼지가 되어버렸다. 마리오네뜨가 사라질 위기에 처하자 네버로 헤밀턴은 공작 가문의 기사들을 모두 모아 제논을 공격했다.

공작 가문의 기사들.

그들은 총 5백 명에 이른다. 그들 중 절반은 뱀파이어 기사였고, 절반은 라이칸 슬로프로 이루어진 기사였다. 그런데 그들조차 제논의 상대가 되지 않았다.

제논의 모습은 이제부터 시작이라는 듯이 움직이고 있었다. 이제야 조금 몸이 풀렸다는 듯이 말이다. 그의 입가에는 잔인하고 차가운 미소가 떠올라 있었다.

그의 창은 쉴 새 없이 움직였고, 그의 왼손에 쥐어진 은빛나는 쇠사슬은 수없이 많은 목숨을 단번에 취하고 있었다. 하나둘 무너져 내리고 있었다. 너무나도 비현실적인 상황에 헤밀턴 공작은 그저 멍하니 바라보고 있을 뿐이었다.

그러다 문득 피식 웃어버렸다. 이 세상에 말이 안 되는 것은 없었다. 자신조차 말이 안 되는 존재가 아닌가? 자신이 인간이었을 적, 이 세상에 뱀파이어 혹은 라이칸 슬로프가 있다는 것을 알았던가?

그런데 자신은 뱀파이어가 되었고, 자신의 동생들은 취향에 따라 뱀파이어와 라이칸 슬로프가 되었으며, 말 안 듣는 놈들은 억지로 개조해 버렸다.

생명의 무거움? 웃기는 소리. 그저 유희일 뿐이다. 피의 존엄? 뭐가 피의 존엄인가? 그저 영생을 위한 도구에 지나지 않을 뿐이거늘. 서서히, 아주 서서히 헤밀턴 공작의 눈동자가 붉어졌고, 다시 검은색으로 물들어갔다.

날카로운 송곳니가 서서히 자라기 시작했고, 그의 입술은 5월의 장미처럼 붉어졌다. 창백한 얼굴과 창백한 손. 그의 손에서는 예의 날카롭게 빛나는 손톱이 유려한 곡선을 자랑하며 자라났다.

"이 느낌, 정말 좋군!"

파아앙!

헤밀턴 공작이 움직였다. 아니, 움직였다고 느낀 순간 이미 그는 제논의 등 뒤에 모습을 드러냈고, 망설임 없이 제논을 등을 훑어 내렸다.

카라라랑!

하지만 막혔다. 불꽃이 피어오르며 제논의 창과 헤밀턴 공작의 손톱이 엇갈렸다. 제논의 신형이 돌려 세워졌다. 하나, 이미 헤밀턴 공작은 그곳에 있지 않았다.

대신 그의 심장을 노리고 들어오는 섬뜩한 기운이 있을 뿐이었다. 제논의 신형이 스르르 뒤로 물러났다.

파앙!

공기가 찢어지는 듯한 소리가 들리며 제논이 자리했던 곳의 공간이 터져 나갔다. 네버로 헤밀턴. 거의 움직이지 않았던 그가 움직인 것이다. 형제이나 이제는 종속되어 버린 그의 정신. 주인인 헤밀턴 공작이 움직이자 노예인 네버로 헤밀턴이 움직인 것이었다.

그러한 그의 공격은 한층 강력하고 빨랐다. 심장을 할퀴듯 정신을 차리지 못할 정도로 빠르게 이어지는 공격.

잠깐의 쉴 틈도 주지 않겠다는 듯이 맹렬하게 공격해 들어

오고 있었다. 그 한 수, 한 수가 치명적인 힘을 가지고 있었으니 제논이라 할지라도 결코 경시할 수 없었다.

그러는 와중에 절묘하게 파고든 헤밀턴 공작의 공격과 그와 연계되어 살아남은 마리오네뜨의 연합 공격.

정신없이 돌아갔다. 먼지가 일고, 그 먼지로 인하여 시야가 가려졌다.

그들이 일으킨 먼지는 결코 그 안을 투영할 수 없었다. 먼지 속에서 빛살처럼 들어오는 공격을 제논은 막아내고 있었다. 마치 이런 것쯤은 눈을 감고도 막아낼 수 있다는 듯이 말이다.

콰앙! 스걱!

그 와중에 제논은 끊임없이 마리오네뜨를 죽여 나갔고, 네버로 헤밀턴의 전신에 상처를 입히고 있었다. 다수의 힘으로 파상적인 공격을 가하고 있음에도 오히려 자신들의 수가 줄고 상처를 입게 되자 네버로 헤밀턴은 다급해졌다.

아무런 말도 없었지만 주인이 자신을 재촉하는 것 같은 그런 불안감을 느꼈다. 주인은 무섭다. 무섭고도 무서웠다. 마계에 간다 하여도 주인보다 무서운 존재는 없을 것이다.

어떻게 해서든 자신의 앞에서 알짱거리고 있는 놈을 죽여야만 했다. 오직 그 생각뿐이었다. 그러는 순간 제논의 창이 일직선으로 자신의 심장을 향해 쏘아져 오고 있었다.

그에 살짝 몸을 튼 네버로 헤밀턴은 제논의 창을 복부로 받아내고 있었다. 제논의 창은 네버로 헤밀턴의 복부를 정확하게 파고들었다. 그에 마치 자신의 생각대로라는 듯이 복부를 파고든 창을 두 손으로 잡아버리는 네버로 헤밀턴이었다.

그는 웃고 있었다. 제논이 붙잡은 자신의 창을 바라보았다. 그사이 네버로 헤밀턴의 복부가 서서히 재생되고 있었다. 그것을 감안한 것일 게다. 자신의 몸을 미끼로 삼은 것이다.

"죽엇!"

네버로 헤밀턴가 외쳤다. 살아남은 마리오네뜨의 공격이 일제히 제논에게로 쏟아졌다.

촤르르륵!

피비비빗! 촤르룻!

결론적으로 말하자면 마리오네뜨들의 공격은 실패였다. 제논의 전신을 둘러싼 은빛 쇠사슬이 그 모든 공격을 튕겨내고 있었다. 그리고 그들의 손으로 돌아간 그들의 무기를 잡아가던 마리오네뜨들은 눈을 크게 뜰 수밖에 없었다.

자신들의 손이 녹아내리고 있었다. 마치 숯이 타들어가듯 불꽃을 날리며 녹아들어 가는 자신들의 손을, 눈을 부릅뜨고 바라볼 수밖에 없었다.

"그어어억!"

그들이 소리쳤다. 하나, 소리칠 수 없었다. 입을 쩍 벌린 그들의 입에는 혀가 없었다. 오로지 시커먼 공간이 존재할 뿐이었다. 모든 마리오네뜨가 한순간에 당하는 것을 본 네버로 헤밀턴이 당황했다.

그는 잡고 있던 창을 놓고는 앞으로 미친 듯이 돌진했다. 그리고 제논의 허리를 그대로 잡아갔다. 실로 순식간에 일어난 일이었다. 그와 함께 제논의 목에 감기는 암흑의 쇠사슬.

그에 네버로 헤밀턴이 진득한 웃음을 떠올렸다. 마치 자신의 계획이 성공했다는 듯이 말이다. 또한, 네버로 헤밀턴의 시선은 제논의 등 뒤로 향했다. 마치 자신이 잘했으니 칭찬해 달라는 표정을 지어 보이며 말이다.

"드디어 끝을 볼 때가 되었구나. 제논 패트리아스."

바로 헤밀턴 공작이었다. 그 말에 제논의 허리를 두 손으로 깍지 껴 조이고 있던 네버로 헤밀턴이 팔에 더욱 힘을 주었다.

으드드득!

뼈가 부서지는 소리가 들려왔다. 하나, 여전히 무표정한 제논의 얼굴이었다. 어쩌면 아픔을 느끼지 못하는 듯도 했다. 제논의 목을 감싸고 있던 암흑의 쇠사슬이 휘돌았다.

등 뒤에 있던 헤밀턴 공작이 제논의 얼굴을 보기 위해 앞으로 위치를 바꾼 것이었다. 헤밀턴 공작의 얼굴에는 득의한 표정이 떠올라 있었다.

제논의 목에 아주 살짝 핏방울이 맺히기 시작했다. 암흑의 쇠사슬에서 솟아난 날카로운 송곳이 제논의 목을 파고들고 있었다. 암흑의 쇠사슬에서 제논을 파드는 송곳은 고통의 가시. 살짝이라 하지만 인간으로서는 감내할 수 없는 극통을 가져다주었다.

그러함에도 불구하고 여전히 무표정한 제논의 얼굴을 본 헤밀턴 공작은 실망한 표정을 지었다. 고통의 아픔에 일그러지는 제논의 얼굴을 보고 싶었는데 그런 표정이 전혀 보이지 않았기 때문이다.

뿌득, 뿌드득.

뼈가 엇갈리는 소리가 들렸다. 그 순간 헤밀턴 공작은 조금 이상한 생각이 들었다. 뼈가 엇갈리는 소리가 이상하게도 자신의 노예가 된 동생에게로부터 들려오는 것 같은 느낌을 받은 것이다.

그의 시선이 제논의 허리를 조이고 있는 네버로 헤밀턴의 팔로 향했다. 그리고 그의 눈이 커졌다. 제논의 허리를 조이고 있던 네버로 헤밀턴의 팔이 밀려나고 있었다. 그리고 기괴하게 늘어나고 있었다. 마치 힘으로 네버로 헤밀턴의 팔을 잡아 늘리듯이 말이다.

뼈가 부러지거나 갈리는 소리는 제논의 신체에서 들려오는 것이 아닌, 자신의 동생에게서 들려오는 것이었다.

"그 팔을 풀어라."

"무슨 말이오? 팔을 풀라니."

"어서 팔을 풀어!"

"쳇! 알았소."

그렇게 그는 팔을 풀려 했다. 그런데 자신의 팔에 감각이 느껴지지 않았다.

"어, 어?"

'왜 이러지?' 하는 멍한 표정이 되어버린 네버로 헤밀턴. 그때 복부에서 극심한 고통이 시작되었다. 네버로 헤밀턴의 얼굴이 급속도로 일그러지기 시작하더니 이내 커다란 비명을 내지르고야 말았다.

"크하아아악!"

촤하아악!

핏물이 튀었다. 정말 순식간에 일어난 일이었다. 완벽하게 모든 것을 통제하고 완벽하게 기회를 잡았다 생각했는데 그 것이 아니었다. 오히려 자신들이 완벽하게 걸려든 것이었다.

핏물과 함께 육편이 되어 사방으로 흩어지면서 불꽃처럼 타 없어지는 네버로 헤밀턴. 그 순간 헤밀턴 공작은 마치 뒤에서 누군가 그의 신형을 잡아당기는 것처럼 쭈욱 물러나고 있었다. 그는 그와 함께 손에서 솟아난 암흑의 쇠사슬에 힘을 주었다.

자신의 동생은 죽은 것이 분명하였다. 하나, 상대의 목숨 줄을 쥐고 있는 것은 자신이었다. 조금만 힘을 더한다면 제논의 목숨을 끊을 수 있었다.

그러나 헤밀턴 공작과 연결되었던 암흑의 쇠사슬은 어느새 그 연결이 끊어져 있었다. 제논의 창에 의해 정확하게 중앙이 잘려 나간 것이었다. 물론 그렇다 하더라도 제논은 이미 피투성이가 되어 죽었어야 했다.

"어떻게?"

부지불식간에 입을 벙긋거리는 헤밀턴 공작이었다.

"듣지 못했나?"

"무엇을?"

"내가 정령을 다룬다는 것을 말이다."

"무슨……."

제논의 말에 화들짝 놀라고야 마는 헤밀턴 공작이었다. 뱀파이어들의 천적. 바로 정령사들이었다. 물, 불, 바람, 대지. 그 4대 정령에는 신성력이 가득 들어 있었다.

신이 사라진 현세에 어쩌면 정령사가 그들에게 있어 최대의 적이라 할 수 있었다. 물론, 최하급으로는 그들을 어찌 해볼 도리가 없지만 하급이나 중급 이상의 정령사라면 이야기가 달랐다.

"퀸이 말하지 않았나 보군."

독백 같은 제논의 목소리에 헤밀턴 공작은 대체 무엇이 어떻게 돌아가는지 헷갈려 하는 모습을 보였다. 그의 입은 여전히 다물어지지 않고 있었다.

"내가 어떻게 잊혀진 존재들을 찾았고, 어떻게 국왕을 죽이고, 어떻게 너의 아버지인 헤밀턴 전대 공작을 소멸시킬 수 있었다고 생각하나?"

"……."

제논의 물음에 헤밀턴 공작은 아무런 말도 할 수 없었다. 아직도 그의 머리는 맹렬하게 돌아가고 있었다. 그리고 마침내 그는 모든 것을 유추할 수 있었다.

"거래를 한 것인가?"

"역시……."

"어떤 거래인가?"

"로드를 죽여 달라는 의뢰를 받았지. 그 대가로 나의 복수를 이뤄주고 코린 왕국을 돌려주기로."

"……."

제논의 말에 그를 무섭게 쏘아보는 헤밀턴 공작이었다. 그러다 입을 열었다.

"그 말을 믿나?"

"믿지 않는다."

"한데?"

"나로서는 별로 아쉬울 것이 없지 않은가? 언젠가는 로드를 죽여야 할 것이니 말이다. 설마, 내가 코린 왕국의 뱀파이어들만 소멸시킬 것이라 생각한 것은 아니겠지?"

"……."

그러했다. 제논은 결코 코린 왕국의 뱀파이어들만 소멸시킬 생각은 없었다. 물론 그 이전에 해야 할 일이 산더미처럼 쌓여 있지만 그것은 자신이 굳이 하지 않아도 될 일이었다.

해서 그가 해야 할 일은 하나였다. 그것을 해결한 후 그는 다시 나설 것이다. 이 모든 일의 원인을 제공한 뱀파이어의 제거를 말이다.

"내가… 어리석었군."

"어리석었지. 그들이 대체 무슨 아쉬운 점이 있어서 코린 왕국을, 그것도 인간들로 구성된 뱀파이어 왕국을 건설할까? 그들은 그들 자체만으로도 충분했을진대 말이지."

헤밀턴 공작은 제논의 말에 허탈한 표정을 지을 수밖에 없었다. 단지 자신들이 원래 인간이었다는 점 때문에 그들에게 배척받았다는 사실이 말이다.

"인간보다 더 간악한 것이 바로 뱀파이어다. 그리고 결론적으로 뱀파이어들은 그동안 골머리를 앓았던 것을 이번 기회에 완전히 제거한 셈이지."

"무슨……."

"네놈이 불러낸 광란왕. 그리고 오브레임 후작에게 피의 전승을 한 배덕의 군주 카인 셀라시에. 거기에 마계 72군단장을 소환하여 스스로를 숙주로 제공한 크리스티나까지."

"그렇군. 그래. 결국 우리는 그들의 내부 정화를 위한 수단이었다는 것이로군."

"이제야 깨닫다니. 어리석고 어리석도다."

제논은 고개를 저었다. 하지만 헤밀턴 공작은 여전히 이해할 수 없었다.

"한데, 넌 어떻게 그것을 알고 있지?"

"나를 최초로 실험한 것이 누구라고 생각하나?"

"설마?"

"그 설마가 맞다. 바로 카인 셀라시에. 그는 나의 심연 깊은 곳에 광란왕의 사념체를 안착시켰다."

그제야 모든 것이 이해되는 헤밀턴 공작이었다. 그러하기에 제논 패트리아스가 이리도 강한 것이었다. 모든 뱀파이어를 다 동원한다 하더라도 결코 그를 어찌할 수 없을 정도로 말이다.

"그렇다 할지라도 네놈이 정령사라는 것은 상당히 의외군."

"그러하기에 세상일이란 모르는 것이다. 아마도 광란왕이나 배덕의 군주조차 내가 정령을 다룰 줄은 몰랐을 것이다."

"허어~"

제논의 말에 하늘을 바라보며 허탈하게 키득거리는 헤밀턴 공작이었다. 어둑해지는 밤하늘에서 빗방울이 떨어져 내렸다. 그의 얼굴에는 차가운 빗방울이 부딪혀 산산조각이 났다.

"세상일이란 결코 모를 일이라. 정말 그러하군. 이것 또한 존재하나 존재하지 않는 분의 결정일 것이다. 하나……."

밤하늘을 바라보던 헤밀턴 공작의 시선이 다시 제논에게로 향했다. 그의 눈동자는 여전히 칠흑의 색깔이었다.

"나를 죽여야 할 것이다."

콰후우웅!

그를 감싸고 있던 칠흑의 마나가 폭풍을 일으키며 제논에게로 쏘아졌다. 그 누구도 막지 못할 무지막지한 어둠의 폭풍이었다. 세상의 모든 것을 갈가리 찢어버릴 것 같은 폭풍이 제논을 향해 일점으로 쏘아진 것이다.

하나, 제논은 그저 창을 들어 쇄도하는 어둠을 향해 찔러 넣을 뿐이었다. 그리고 그 두 창과 어둠이 부딪혔다. 폭음도 없었고, 빛도 없었다.

제논의 창이 어둠과 부딪힐 때 어둠은 비로소 서서히, 마치 나무에 매달려 있는 매미가 떨어져 나가듯 하나씩 하나씩 떨어져 나가기 시작했다.

제논의 창은 어둠 속으로 깊숙이 파고들었고, 제논의 창이 파고들면 파고들수록 어둠은 사라지고 있었다. 그 모습을 보는 헤밀턴 공작은 소리 없이 입을 벌렸다.

비명조차 없었다. 그리고 마침내 헤밀턴 공작이 뿌려낸 어둠을 완전히 잠식한 빛이 터졌다. 그 빛은 눈을 부릅뜨고 입을 있는 대로 벌린 헤밀턴 공작을 순식간에 집어삼켰다.

*　　　*　　　*

모든 전투와 전쟁이 끝이 났다. 어두웠던 하늘이 타오르는 듯 붉은 모습을 드러내며 저물어가는 석양을 뽐내고 있었다. 그 석양을 보며 몇몇의 사람이 모여 있었다.

제논이 있었고, 스웬슨이 있었으며, 더글라스 후작, 아이작스 백작, 안토노프, 드라기 백작, 겜블 백작, 안톤 백작 등 수많은 사람이 있었다.

"가시렵니까?"

드라기 백작이 입을 열었다. 그를 바라보며 고개를 끄덕이는 제논이었다.

"왕국을 부탁합니다."

"킁. 형님 고집도 어지간하우."

스웬슨의 말에 슬쩍 미소를 띠운 제논이었다.

"아직 전쟁은 끝나지 않았다. 그동안 네가 이곳을 지켜야 하지 않겠느냐?"

"돌아올 거유?"

"내가 살아갈 곳은 이곳이다. 또한, 나의 동생인 네가 여기 있지 않느냐?"

"우헤헤. 그럼 그렇지. 돌아오슈. 예쁜 조카 놈 만들어서 말이우."

스웬슨의 말에 슬쩍 웃은 제논이 고삐를 채 말을 몰아 석양을 향해 움직였다. 사람들은 그의 모습이 보이지 않을 때까지 바라보았다. 아쉬움이 묻어나는 그들의 표정.

"자! 그분의 말씀처럼 준비해야 하지 않겠소? 이제 시작이니 말이오."

드라기 백작의 말에 모두 수긍했다. 그들이 몸을 돌려 세울 때, 저 멀리서 드라클루아 후작이 일단의 기사들과 함께 말을 몰고 다가오고 있었다. 그리고 드라기 백작의 앞에서 하마를 하며 극상의 예를 올렸다.

"코린 왕국의 지존이신 국왕 전하를 드라클루아 후작이 뵙습니다."

"자자! 일어나세요. 할 일이 태산입니다."

"성은이 망극하옵니다."

드라기 백작이 코린 왕국의 2대 국왕으로 등극했다. 그는 스스로가 치세의 왕이라고 다짐한 것처럼 엄청난 전화가 휩쓸고 간 코린 왕국을 빠르게 안정화시켰다.

＊　　　＊　　　＊

어두운 공간.

아무것도 없는 그런 공간.

그 공간에 회백색의 관이 놓여 있었다.

한 명의 여인이 나타났다.

잠시 회백색의 관을 바라보던 여인이 관 뚜껑을 밀어 젖혔다. 너무나도 가볍게.

그 관 안에는 한 명의 사내가 누워 있었다. 마치 잠든 것처럼.

그를 지켜보던 여인은 하늘 향해 두 팔을 뻗었다. 그에 허공에 어둠과 검붉은 무언가가 몰려들었다.

그것들은 하나가 되어 관 안에 누워 있는 사내의 얼굴 위로 모였다. 검붉게 타오르는 어둠이 형성되었다. 그에 만족한 웃음을 지어 보이던 여인의 입이 열렸다.

"때가 되었나이다. 잠에서 깨어나시길. 밤의 일족의 영원한 로드시여."

그녀는 부복했다.

주르륵.

사내의 얼굴 위에 떠 있던 검붉게 타오르는 어둠에서 액체가 흘러내려 사내의 입안으로 빨려들 듯 사라졌다.

그렇게 한 시간. 두 시간. 세 시간… 하루의 시간이 지났을 즈음.

관 속에 죽은 듯 누워 있던 사내의 눈가가 꿈틀거렸다.

번쩍.

눈을 떴다.

붉은 눈동자.

뱀파이어들의 영원한 로드인 블라드 체페슈이. 그가 깨어났다.

『넘버세븐』 완

FUSION FANTASTIC STORY

진호철
장편 소설

『1월 0일』의 작가 진호철!
그가 선보이는 호쾌한 현대 판타지!

어머니의 치료비를 구하기 위해
프랑스 외인부대에 지원한 유천.

어느 날 신비한 석함을 얻게 되는데……

『한국호랑이』

내 인생은 전진뿐. 길이 아니면 만들어가고
방해자가 있다면 짓밟고 갈 뿐이다!

Book Publishing CHUNGEORAM

유행이아닌자유추구
www.chungeoram.com

용병귀환

유왕 판타지 장편 소설

**수십 년 전, 용병왕의 등장으로 생겨난
왕국과 용병의 세계.
평소엔 한없이 가볍지만 화나면 누구보다 무서운,
놀고먹고 싶은 그가 돌아왔다!**

하지만 바람과는 달리 과거 그의 앙숙과 대륙의 판도는
도저히 그를 놓아주질 않는데……

"용병은 그냥, 돈 받고 칼을 빌려주는 놈들이니까."

그의 용병 철학은 단순했다.

"물론, 누구에게 빌려주느냐가 문제겠지?"

Book Publishing CHUNGEORAM

유행이 아닌 자유추구 -
WWW.chungeoram.com

FANTASTIC ORIENTAL HEROES

등룡기

騰龍記

임영기 新무협 판타지 소설

『만능서생』, 『무정도』의 작가 임영기.
2014년 봄에 시작되는 그의 화끈한 한 방!

도무탄.
태원 최고의 갑부이자 쾌남.
그러나…
인생의 황금기에 맞은 연인의 배신!

'빌어먹을… 돈보다는 무력(武力)이 더 강하다……'

돈이 다가 아님을 깨닫고,
무(武)로 일어서길 다짐하다!

고금제일권 권혼(拳魂)과 악바리 근성,
천하제일부호와 무림최고수를 동시에 노리다!

Book Publishing CHUNGEORAM

유행이 아닌 자유추구 -
WWW.chungeoram.com

도시의 주인
말리브 장편 소설
FUSION FANTASTIC STORY
말리브 작가의 신작 현대 판타지!
죽기 위해 오른 히말라야.
그러나, 죽음의 끝에 기연을 만나다!
『도시의 주인』
다시 한 번 주어진 운명.
이제까지의 과거는 없다!
소중한 이를 위해! 정의를 외친다!
Book Publishing CHUNGEORAM
유행이 아닌 자유추구 -
www.chungeoram.com